U0450899

殷健灵——著

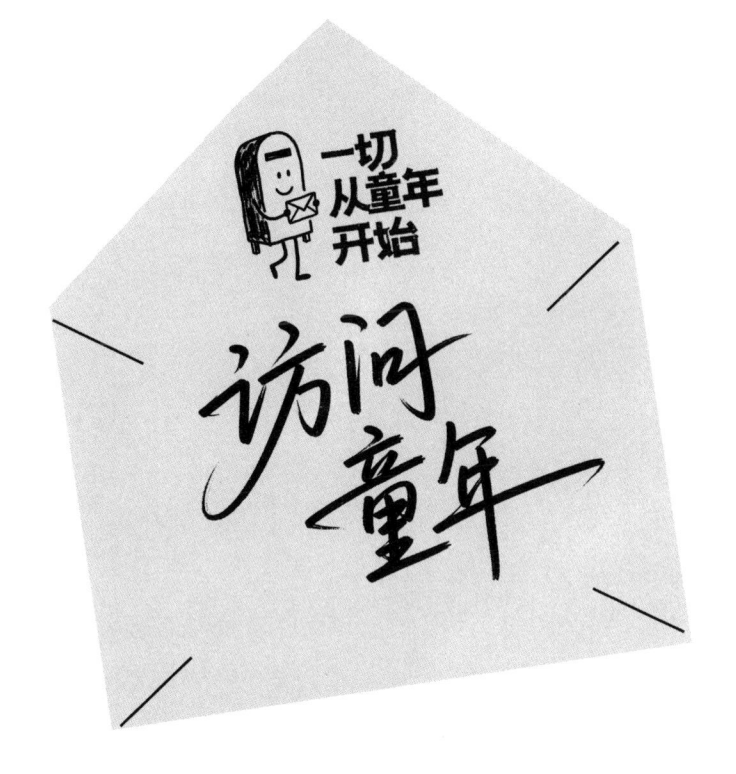

一切从童年开始

访问童年

中信出版集团 | 北京

图书在版编目（CIP）数据

访问童年 / 殷健灵著. -- 北京：中信出版社，2025.8. -- (一切从童年开始). -- ISBN 978-7-5217-7753-6

Ⅰ.I267

中国国家版本馆CIP数据核字第2025EY8348号

访问童年
（一切从童年开始）

著　者：殷健灵
出版发行：中信出版集团股份有限公司
　　　　　（北京市朝阳区东三环北路27号嘉铭中心　邮编 100020）
承 印 者：北京瑞禾彩色印刷有限公司

开　本：880mm×1230mm 1/32　　印　张：9.5　　字　数：170千字
版　次：2025年8月第1版　　　　 印　次：2025年8月第1次印刷
书　号：ISBN 978-7-5217-7753-6
定　价：39.80元

版权所有·侵权必究
如有印刷、装订问题，本公司负责调换。
服务热线：400-600-8099
投稿邮箱：author@citicpub.com

写在前面

"访问童年"其实是访问一个人的精神故乡,这不仅是因为童年决定一生,更因为,一个人毕其一生的努力就是在整合他自童年时代起就已形成的性格。

通往童年之路,就是通向内心和自我之路,需要足够的勇气才能回返。

本书中受访者的年龄跨度将近一个世纪,他们的童年小史从一个侧面反映了中国近一百年的时代变迁。然而我更感兴趣的,不是宏观的时代命运,而是不同时代和地域里孩子的心灵和感情。它们千差万别,却异曲同工;它们幽微渺小,却丰富而广袤。

我们将从别人的故事里读到自己,那里有人生的源头,那里也有重新出发的路标。

再版序

这是我特别珍重的书,并不仅仅因为当初写作时投入了大量的时间和精力,更因为,书中藏着很多颗鲜活敏感的心。你翻开这本书,便是在和这些心灵对话——他们有的饱经沧桑,经历了漫长人生的悲苦与锻打;有的刚刚开启人生,初经世事和风雨。是的,人生有风雨。我们习惯说,风雨之后见彩虹,但很多时候,风雨之后未必见彩虹,真正的彩虹在每个人的心念中——彩虹转瞬即逝,与自我和人生的不公和解才是永恒的心光。

李敬泽老师在当年初版时的序言中说:"这人世上所有的孩子,人们向他们承诺了快乐,但我们知道了,人们常常没有做到。"我想说,人们不是不想做到,而是没有能力做到——连造物主都没有能力做到。但反过来想，倘若童年或者人生只有快乐，那将会是多么单调和苍白。如果没有黑暗的衬托，光明又怎能显出它的珍贵呢？

敬泽老师又说："人被童年所塑造，人也注定向着童年争辩、反抗和逃逸。人渴望与他的童年和解，所以人需要访问童年，在记忆、修复和创造中与自己、与世界和解。"是的，谢谢他道出我写作《访问童年》的初衷。童年永在，它可以帮助为人父母者回望自己的来路，也可以开启未来——更加珍重地对待自己和别人的孩子。所以，在《访问童年》初版七年之后，再次将它收入"一切从童年开始"系列：《给孩子的十五封信》写给儿童，《给青春的十五封信》送给少年，而《访问童年》则献给所有的成年人。

殷健灵

2025 年 4 月 19 日

序言

再过一遍，让此生明白
李敬泽

读完了《访问童年》，放下时只觉得蒹葭苍苍。这不是一次快乐的访问。——童年难道不是快乐的吗？好吧，我们一向是对孩子们这么说的。我们希望他们快乐，我们以为他们快乐。世界之重还没有压在他们身上，他们怎么会不快乐？我们把我们的愿望、自欺、冷漠当作了事实。即使他们在哭泣，他们在暗处惊恐地看着这个世界，我们也并不在意：好吧好吧，过来抱抱。但说到底，他们懂什么呢？很快都会过去。

但是，读了殷健灵的《访问童年》，我现在想做的事是，找一个下午，阳光不要那么明亮，在阴影中，殷健灵坐在对面——就像她在这本书中坐在那些人对面一样，和她谈谈我的童年。

这没那么容易。我怀疑我没有童年，因为实在没有多少童年记忆。我无法像很多作家那样宣称：写作源于童年。我记不起童年的快乐，也并没有感觉到明显的伤痕，我就是健忘，我勇往直前，我扬长而去。

不知道殷健灵会怎么对付我这样一个受访者，我的问题不是捂着一个盒子，我把盒子丢了。

我相信，她会有办法的。她不仅仅是善解人意，她也不仅仅是亲和令人信任，作为一个卓有成就的儿童文学作家，她有充分的心理学准备。更重要的是，以我与她有限的几次交往，我感到——我不知道我说得对不对——她本人是一个敏感脆弱的人。这样一个人，必是敏感于人的疼痛与沉默、麻木与遗忘，她对人的无言以对和千回百转感同身受。

所以，我能够想象，那些受访者或许终于发现，他或她碰到了一个人，愿意陪伴他们，回到最初的梦境，回到荒野，找到和打开被封闭、藏匿、丢弃的盒子。

这不是令人羡慕的工作。特别是，殷健灵很可能还是个焦虑的人,她可能从童年起就被焦虑、不安全感所纠缠——我的意思是说,一个人经历了什么样的童年,才让她对重访童年有如此执念?她必定采访了更多的人,必定有很多人最终不能打开。而那些打开的人,我们看到的并不是快乐——意味深长的是,当回望童年,我们很少会找到快乐,我们常常发现缺憾和伤痛。

那些被殷健灵打开的人是幸运的。他们终于,终于碰到了一个人,如此耐心、如此审慎、如此体贴地帮助他们进行一次回访,回到自己的童年,把无以言表之事意识了一遍,说了一遍。这就像把此生又过了一遍,这一遍过明白了,即使是失败和残缺也便释然。

而对我这样的读者来说,我陪着这么多人把他们的童年过了一遍,我在很多人身上依稀辨认出自己。有时,我会惊异地发现,被我遗忘的,竟被他人记起,原来千万人的命运中就藏着我自己。

然后呢,我想我们都会更珍重地对待自己和对待他人。当然,我们也会更珍重地对待我们的和别人的孩子。这人世上所有的孩子,人们向他们承诺了快乐,但我们知道了,人们常常没有做到。

这本书超出了我的预想：它竟如此宽阔饱满，它不是透明的，不是纯粹的，它不是童话和神话，而是百感交集的漫长旅途。人被童年所塑造，人也注定向着童年争辩、反抗和逃逸。人渴望与他的童年和解，所以人需要访问童年，在记忆、修复和创造中与自己、与世界和解。

我不把这本书看作一本童书，它是人之书，是爱的教育、情感教育。那些回忆童年的成年人，他们每个人都既是教师也是学生，每个人都在修行。他们证明，记忆的能力、通过记忆推敲自我的能力，这就是善好人性的根本保证。

为此要感谢殷健灵，她当然不仅是一个记录者，她召唤记忆，她让混沌的生活和经验自沉默中浮现，获得意识、语言和形式，她是创造者，因为，她对一个又一个人说：要成为完整的人，要有光。

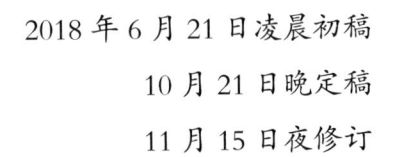

2018 年 6 月 21 日凌晨初稿
10 月 21 日晚定稿
11 月 15 日夜修订

自序

重返人生原点

"访问童年",这不是一个心血来潮的写作计划。

阅读和写作的历史越长,越相信童年对于一个人的特殊意义。你会发现,即便是再杰出的作家,他一生可能写了几十本书,但那些书很可能是一本书的种种翻版,他终其一生都无法走出童年在他心灵版图上打下的烙印。而心理学家告诉我们,任何成年后无法解决的困惑和障碍,都可以在童年期找到成因和答案。只是,当我们明白和了解这一切,童年已经无法回返,更难以修正。

"访问童年"其实是访问一个人的精神故乡,这不仅是因为童年决定一生，更因为，一个人毕其一生的努力就是在整合他自童年时代起就已形成的性格。人的一生看似是走向遥远的终点，本质上却是迈向生命的原点。通往童年之路，就是通向内心和自我之路。因此，对于本书中的受访者来说，在某种意义上，接受我的访问是痛苦的，也是勇敢的。因为他们需要具备足够赤诚地面对自己，同时也面对他人的勇气。

感谢他们的信任和坦诚。一个人的记忆力也许会减退，但是，灵魂会记住一切该记住的。他们带着我回返各自处于不同时代与地域的童年，让我陪着他们一起喜悦欢欣，百感交集，涕泪俱下。

本书以受访者的年齿为序，年龄跨度将近一个世纪。他们的童年小史从一个侧面反映了中国近一百年的时代变迁。然而我更感兴趣的，不是宏观的时代命运，而是不同时代和地域里孩子的心灵和感情。它们千差万别，却异曲同工；它们幽微渺小，却丰富而广袤。他们会颠覆我们的一个基本认知，童年不仅纯真无瑕、混沌无知，童年同样敏感脆弱、复杂多变、危机四伏。童年独立生长，可终究敌不过时代洪流、社会文化、家庭环境的裹挟和影响。倘若人生犹如危崖上的一棵树，童年便是根，在夹缝中求生存，靠着露水、阳光以及自身的力量长成枝繁叶茂。

书中二十六个故事，来自二十六个不同年龄和身份的普通人的叙述。我尊重每个人的个性和语言：他们对我说话的语言、独白的语言、回忆往事唏嘘不已时的语言，他们的语言里有各自的表情和温度。我尽量保持了二十六个故事的原生态，没有掺入想象和创造。在这里，我是一个忠实的记录者、整理者和提炼者。并且，为保护个人隐私，除个别受访者（如任溶溶先生）采用实名外，其余均采用化名。

这本书不是社会学的田野调查。我在访问和写作的过程中，始终考虑的仍是"文学"二字。文学关注的自然是永恒的人性，是人的情感和心灵。因此，我只选取来自真实的灵魂和生命体验的故事。至于所附的"写在边上"，是我作为一个倾听者最深刻的感触。我无意指点时代命运，只是从"人"出发，从个体出发，去探究那些困扰我们的问题。尽管我也无法给出完美的答案，但我相信，寻求答案的过程也是通往真实的自我并且最终达成人生圆满的过程。

我们将从别人的故事里读到自己，那里有人生的源头，那里也有重新出发的路标。

再次感谢所有的受访者以及线索提供者，感谢一直无私支持我的父母家人，感谢上海市青年文艺家培养计划。最后，要特别感谢新中友好协会和位于新西兰奥克兰德文波特的迈克尔·金写作中心（Michael King Writers Centre）。在我的业余写作生涯里，这是一次前所未有的特殊体验。他们提供了舒适安逸的环境，使我得以在这个天人合一的长白云之乡心无旁骛地写作。离天地自然最近的地方，也是离人的心灵最近的地方。

2017年10月24日
写于迈克尔·金写作中心

目 录

• 访问童年 •

002 | 每个人何尝不是一只孤船
　　　016　　心底的波光与云影

019 | 七十年前,我也有过青春的叛逆
　　　027　　用一生来叛逆

030 | 最陌生的人是父亲,影响最大的人也是父亲
　　　045　　平静地体会痛苦

048 | 父母去世后,我看到了两个截然相反的世界
　　　054　　抵抗人性之恶,犹如一场战争

056 | 淡忘的童年一定不重要,我只记住不能忘却的
　　　065　　我们的选择性记忆

067 | 如果生命沉重不堪,那就在灿烂轻盈中展现吧
　　　084　　当我们无法挑拣自己的命运

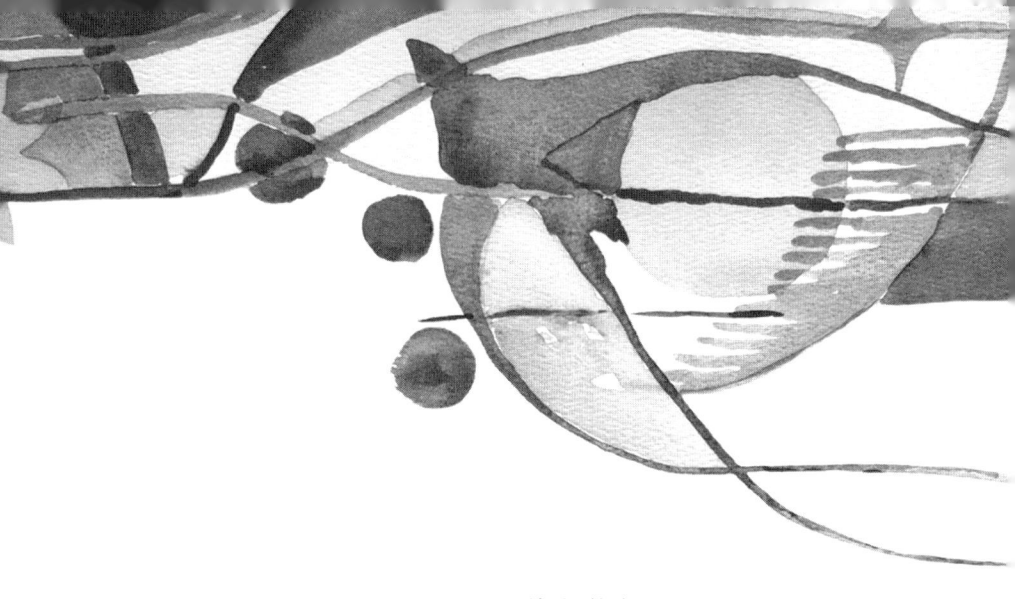

087 | 我吓坏了，不知道妈妈要把我拖去哪里
      095   黑夜从来都不是黑的

097 | 八岁那年，我不得不开始一个人的生活
      105   拿什么来抵御童年的残忍

108 | 眼看我就要赢了，她却退出了……
      120   那个并不真实的自我

123 | 我用半生时间来矫正那个孩提时代的我
      129   长大是一件多么不容易的事

131 | 快乐着，却为什么总感到心酸和悲伤
      145   挣扎也许是生命的常态

147 | 我想回到那个小姑娘那里，拉她一把，但是无能为力
      164   生命初始最美的图画

166 | 郑重地告别，与那些童年的过往
    175   平淡生活中的"仪式感"

178 | 我从来没有真实地活出自己
    191   破茧而出

194 | 什么是完整的家呢？和有没有父母无关
    203   爱比怨悔更自由

205 | 你听过大提琴拉的《二泉映月》吗
    217   盲孩子眼睛里的光

219 | 我想尽力摆脱这物化的世界
    234   理想永远都年轻

237 | 我只和妈妈说学校里有趣的事
    247   比天空还要大的小烦恼

• 重返童年 •

250 | 早逝的二哥永远不会知道,
　　　他对我的生活道路起了多大的作用

254 | 我没有跑,这个时候逃回家真是丢死人啦!

258 | 我没有生日

265 | 照耀我一生的三个童年片段

271 | 每个孩子都有天性,后天的努力造成命运的千差万别

275 | 爸爸和妈妈没有给我做出爱情的榜样

278 | 妈妈对爸爸的怨恨一直没有消除

281 | 我越自信,别人越不会欺负我

访问童年

每个人何尝不是一只孤船

受 访 者 ｜ 秦涵坤
职　　业 ｜ 国企总会计师
出生年份 ｜ 1922 年

糊涂混沌的幼年光景

我是妾生的。五岁以前的光景，可谓糊涂混沌。

我父亲是常熟城里唯一一家银行的行长。那时候，不叫行长，叫"经理"。他白手起家，印象里，他总是很忙，除了银行，还经营别的事，比如做一些投机生意，去交易所做棉纱买卖之类。常熟人有了点钱，喜欢买地，种棉花，我的嫂嫂家就买了一万多亩地。但我父亲不爱买地，赚了钱，与人合伙去上海开工厂。那时，开厂是新生事物。我还记得去他上海的工厂玩过一次，那工厂什么样，我记不清了，只记得乘着轿车，在马路上兜风，觉得很新鲜。后来，我父亲还当上了常熟商会的会长。

父亲先后娶了两个老婆，我母亲是妾。我家房子是三进五开间，几十间房一分为二，正室太太住后堂，我、两个妹妹和母亲住前堂。后堂和前堂在平日里互不干涉。

我十一岁时就没有了父亲。那一年，我读小学四年级。而十一岁以前印象最深刻的事情也都和父亲有关。

我小时候，最早接触的是茶。常熟城里的男人，家里稍微有点钱，清早起来都会去茶馆店吃早茶。据说一早喝空腹茶可以清洗肠胃，有利养生。父亲每天都要吃早茶，有时他也会带我去。我走得慢，他就把我扛在肩上走。每回去，我都欢喜雀跃。我去茶馆不为喝茶，是为了玩耍、吃点心。我最喜欢吃那里的石梅馒头。我们这地方的茶馆和别处不一样，除了卖茶，兼卖点心，最有名的，就是这石梅馒头。这种馒头特别大，形状扁平，皮薄似纸，以蟹肉、虾肉、纯肉、豆沙夹板油等做馅，鲜香无比。这样的馒头，我后来在别处都没见过。还有一种饼，叫作盘香饼，用面粉卷白糖、豆沙、板油，做成长条，再盘转成饼，外面沾上芝麻，在烘炉里烘熟，吃起来极其香脆甜美。

茶馆店里也做面。常熟人的面有讲究，手工做的，特别细，有弹性和嚼劲。面汤有两种，一种是以鳝骨、猪骨熬成的红汤，还有一种是以鱼类河鲜或草鸡熬成的白汤。佐面浇头也花样百出：红烧生煎大排、小肉、焖蹄、肉片、焖肉、爆鱼、鱼片、鱼排、鳝丝、鳝糊、虾腰、什锦、香菇、松树蕈油……一碗面上，我们常熟人是用足了心思，想尽了花头。我到现在还说得出那些吃面的讲究：宽汤、紧汤、硬拌、免青、重青、重面、轻面、轻油、免油……还有什么面烫、汤烫、浇头烫、碗烫……茶馆店里都是老吃客，进门无须多言——老规矩，跑堂的早就记牢了你的嗜好和口味。我父亲每天来这里，一方面是嗜好，一方面是领世面、见朋友。当年常熟城里只有五万人，茶馆店可算是常熟城的信息交流中心，各种信息都能在这里听到。

还有一桩事于我印象深。

父亲总是很晚回家，与我交流很少。他太忙，做银行经理，做棉纱生意，还要筹备上海的工厂。他同时开了三四爿[1]厂，橡胶厂、棉织厂和袜厂。除去寻找合伙人，还要选地方、置办机器。但父亲再忙，每天回家都要来看看我。冬天里，我顶喜欢他来替我掖被角，他塞的被角比母亲塞的还舒服、服帖、不臃肿。见父亲来了，我总要向他发发嗲，他也很开心。

父亲如此喜欢我，别说打，连骂也不舍得。我惹父亲不开心，好像只有一次。有一回，他临去上海，问我想要买什么东西。我说，上海的连环画可能好一点，给我买

---

1 爿（pán），方言，商品、工厂等一家叫一爿。——编者注

几本吧。他说好的。

我在上学堂之前就会识字了,至于怎么识字的,我自己都想不明白。我睡在正房,靠墙是张能睡下三个人的红木雕花大床,大床自带抽屉和柜子。大床正上方有个阁楼,我顺着床后的木梯子爬上去,在阁楼上发现了一捆捆的报纸和书刊,其中有一捆《生活周刊》,邹韬奋主编的,还看到了一捆《小说月报》,上面的文章半文言半白话,我能囫囵吞枣看个半懂。还有一本《岳传》,我居然读得热血沸腾。

看到我日日捧读《岳传》,父亲生疑,说:"你这么小,怎能读懂?"我说能读懂。他不相信,于是考我几个问题:岳飞是怎么生出来的?出生时又有什么奇怪的现象?我都一一作答了。我告诉他,《岳传》里写到岳飞被害,我竟读得流泪。父亲好生奇怪,因为他从未教过我识字。但他已经确信了我有阅读的能力。

因此,那次从上海回来,父亲没有按我说的给我带连环画,而是带了盒装的《小小说库》,约有两三盒,内装中国旧小说、《七侠五义》《小五义》……我大失所望,眼泪汪汪不肯接他递过来的书。"我要的是连环画嘛!"我说。见我不高兴,父亲有点委屈,他认为我有阅读能力,才买了这个的。我听父亲嘀咕了一句:"棒头出孝子！"说完，父亲悻悻地顾自回房去了。回想起来，这是父亲对我说的最重的一句话，令我刻骨铭心。此后，我不再惹他不开心。

糊涂混沌、无忧无虑的幼年时光匆匆过去。到了十一岁那年，好光景就没有了。

父亲离开我，连他自己也没有想到

那段时间，父亲总觉得肋骨痛，去诊病，说是肺结核，还有胸腔积水。现在很少听到这种病了，但在过去，结核是种常见病。

父亲离开我，连他自己也没有想到。

常熟有一家县立医院，还有一家教会办的私立医院。私立医院的院长是父亲的朋友，常来我家。我小时候经常生疟疾，那个西装革履的院长给我打针，一打就好。我父亲也是找他看的病。起初，父亲并没有当回事，只觉得肋骨痛，呼吸也痛，但病情未必严重到致命的程度。父亲有一个朋友，姓吴，给他推荐了一种膏药。父亲不懂得医道，以为肋骨痛也可以外用膏药治。没承想，痛，本已属热性，又贴一个狗皮膏药，热上加热，雪上加霜，痛得更加厉害了。父亲最后死于突发的心脏衰竭，没有任何准备，撒手而去。临死前，他只给我大哥留下一句话："我给你们的基础都打好了，以后如何要看你们自己了。"

那一年，父亲五十七岁。

他死时，我正在学堂上课。被大人带回家时，父亲已经没有了气息。望着床上的父亲，我的脑子里一片空白。床上的那个人不会讲话，也不会动了，我觉得那不是我的父亲。我看见大哥的嘴一张一合，他对我说什么，我都没有听到。

外面天寒地冻，房子里也冷如冰窖。那一夜，我为父亲守灵。面对床上蒙着被子一动不动的父亲，我回想起从前父亲的一切：他带我去茶馆吃茶、吃馒头，我坐在他的肩上去街市玩，他给我买书，他给我掖被角……想到这些事情，我忍不住放声大哭，哭得不可收拾。

父亲走得匆忙，对身后事没有留下一点交代。他死后，情形完全不同了。族里的长辈来了，让我母亲交出财产和首饰，说是先存放在正室太太那里，等我长大了，以备我不时之需。母亲默默地交出了父亲的一块进口金挂表、一根金链条，还有钻戒、翡翠、宝石、手镯等细软，放在一个木盒子里，贴上了封条。母亲对我说："看着，这都是你的。大姆妈替你保管好，等你长大了再交给你。"然后,母亲转过身,将木盒子交给了正室太太。你问他们为何要那样做?那是怕我母亲改嫁,抑或将财产花掉,怕我这个父亲的命根子以后没有了保障。

母亲的境遇从此一落千丈。没了钱,没了首饰,她讲话用人也不听了。正室太太让我和母亲睡到后堂去,空出来的前堂租给了别人。

在家里,我的母亲须处处看人脸色了。我对母亲说:"暂时忍一忍,熬一熬,我长大了养你。"母亲不响。我知道她不相信,我才十一岁,要过多少年我才有能力养她?

有一天我照例去学堂上课,中午回家吃饭时,家人告诉我:"你妈妈不见了。"母亲是偷偷溜掉的——她改嫁了。那是不靠谱的改嫁。在这个家里,如果她有一点发言权,她都不会走。她走得没有一点征兆。我又一次放声大哭。

那是我父亲死后的第二年,我上小学五年级上半学期。

但毕竟是小孩子,忘性大。我歇斯底里地哭过以后,仿佛什么事也没有了。我是父亲最小的儿子,正室太太、哥哥嫂嫂们都待我不错。生活仿佛回归了正轨。但我知道,那只是生活的表象。从母亲离开的那一天起,我仿佛突然长大了。

有一件事,我至今不能忘。我说平静只是表象,那

是因为我不愿也不敢面对生活的真相。我长到十五六岁时，有一次到老用人的房间里聊天，聊着聊着，觉得疲累了，便倒在她的床上睡着了。许是做了梦，半梦半醒间，突然就哭了起来。这一哭，便再也止不住，越哭越响，只觉得心底里有滔天委屈和压抑涌出来，谁劝也没有用。

母亲走后，家里人怕母亲偷偷将我抢走，把我从原先位于家隔壁的虞阳小学转到了塔前小学。塔前小学是住读的，因为是住读，少去了来回学校路上可能遭遇的意外。可我，还是碰到过我母亲一次，她是在半路上等我的。之前，我大约有半年没有见到母亲了。母亲的模样和以前差不多，打扮得干干净净。她说，她要带我走。我踌躇着，心想，也不知你改嫁了什么样的人。我说："你还是回来吧，过几年我就能养你了。"母亲坚持："你跟我去吧。"我说："我也不知道你那里到底好不好。"她有些失望，想了想，说："你不去就不去吧。"

这是我在母亲离家后唯一一次，也是最后一次见到她。1937年"八一三"淞沪抗战爆发以后，常熟遭遇了轰炸，从此，我这一生再也没见过母亲。我想，母亲一定是在战火里死去了。

没有了母亲，这个家和原来一样，又不一样了。比我年长十五岁的大哥成了家里的顶梁柱，掌握着经济大权。大姆妈（正室太太）对我还算照顾，还有年长我三四岁的二姐、三姐和四姐，我同她们相处也融洽。兄姐几个，我和二姐的接触最多，只是二姐在姐妹里头最不得人心，因为她脾气坏。我十六岁那一年，有一次，大哥一气之下用晾衣叉子追打二姐，我看不下去，上前劝架。被我一推，大哥居然摔了一跤，跌坐在地上，半天起不来。从大哥惊愕的目光里，我恍悟，自己不再是一个小孩子了。

我中学上的是常熟县立中学，也是寄宿制学校。刚开学，我分在甲班，国文老师叫王昌龄，和唐朝诗人一样的名字。第一天，王老师让大家写篇作文，要求编一个故事。我很快就写好，交了上去。过不久，王老师让同学喊我去办公室一趟。我胆战心惊地去了。见到王老师，没想到他很和气，笑嘻嘻地叫我坐下，说："你这篇作文写得蛮好，要比一般的同龄人写得好。"我知道，他怀疑我是抄的。但他不说。他摸了摸我的手臂，又说："你蛮瘦，身体好不好？要当心身体，好好学习。"他没有再追问下去，便让我回宿舍了。王昌龄是对我有影响的老师之一。他心里怀疑我抄了作文，却又顾全我的面子，怕伤我自尊。对他的怀疑，我既委屈，又得意。那文章自然不是我抄的。他的关心，却让我感受到父爱一般的温暖。

王老师很敬业，要求我们每天写日记，写完后，马上批改。圈改，批分，好的加五角星，甚至加两个五角星。批出来后，前五名公示，我的名字经常在里面。这让我很开心。但同时压力来了，希望每天的前五名里都有我。就这样，每天写，练习的机会多了，受了鼓励，写作好的人越来越好，写作差的也得到了锻炼。我一心想把日记写好，只写印象最深的事，从来不报流水账。渐渐，我摸得了一点写作的门道。但是，写了这么多，我却从未在日记里写过父母。

相比复杂的家事，学校里的生活简单明朗多了。但是，好景不长。没过多久，我就不得不离开了学校。

我们成了湖上的一只孤船

1937年，我正上初中二年级。这一年，"八一三"淞沪抗战爆发，日本飞机经常飞到战场外围的常熟，骚扰，轰炸，学校不得不停课。我记得从农历七月十八（1937年8月23日）一直到十月初，日本飞机就七次轰炸常熟城区。常熟县[1]在辛峰亭设立了防空监视哨，在慧日寺救火会钟楼上装置了汽笛，发现敌机后立即发出警

1　常熟现为县级市。——编者注

报。那时的常熟城，兵荒马乱。

日本人轰炸，一般选在白天，我们只好逃到外面去。我家的大门是两扇木门，中间用一根丁字形的木头撑住，底下有石柱。晚上回家，里面没有人，开不了门。大哥灵机一动，问隔壁的虞阳小学要来钥匙，然后在我家围墙上挖个洞，先进虞阳小学，再钻洞回家便是。

到了后来，风声更紧，我们逃出去后就不回家了。那时，我们都躲在常熟西门外离家十里路的一个荒岛上，几乎天天听见炮弹远远地炸响。那时的我，不知道什么叫作"害怕"，天上飞机扔炸弹，我跑到屋子外面去看。我跟人说："看！那炸弹丢下来时，先是横着飞，然后才垂直掉的！"别人往回拉扯我。我说："怕什么？不会掉头上的！"

躲在荒郊野外，毕竟寂寞。我和二姐盘算着结伴回家看看。日本人不丢炸弹时，常熟城里还算安全。我俩回过一趟家，安然无恙，之后，胆子大了，又接连回去了好多次。

有一次回家，刚把房门关好睡觉，忽然听到后堂有人坐在藤椅上发出嘎吱嘎吱的声响，心里一惊，悄悄开门，却没了声音，也不见人。关好门，上了床，那声音又来了。如此往复三四次。我干脆下床，操起根棍子，突然开门冲出去。可是,什么也没有。之后,那声音便不响了。半个月后,我发现,挂在窗框边的火腿被老鼠咬坏了。那诡异的声音多半是老鼠作祟。原来是虚惊一场。

但是不久,我们全家就不得不踏上了逃难之路。

当时,我们还躲在西门外的荒岛上。有天早晨起床,忽听见急促的拍门声。外头人喊:"不好了,日本人在杭州湾登陆了!"隐约听见放炮声远远传来。全家盘算着,躲在荒岛上也没用了,必须离开常熟。

时近冬天,我们带上了全部衣物和随身细软。可是,没有船。全家十口人,大姆妈、大哥和大嫂、他们刚刚出生的孩子、二嫂、二嫂的孩子、二姐、三姐,加上我,还有一个老用人,要离开荒岛,谈何容易?

等了几天,好不容易看到一只小船。我大哥挥手示意让他靠岸,船老大摆手不肯。大哥急中生智,抬起手,冲他喊道:"你再不过来,我开枪了!"那船老大果然中计,乖乖过来了。等船靠了岸,大哥的计策自然穿帮。那船老大倒也大度,发慈悲让我们一家十口上了船。那是只乌篷船,真是小,十个人上去,全然没有转寰的余地了。

远处仍有枪炮声传来,船老大撑着船,往西湖(旧称,非杭州西湖,今称尚湖)方向一路西去。白水茫茫,不知何处是尽头。我们在西湖上待了个把礼拜,吃船家饭，每顿都吃从湖里捞上来的虾。晚上敌人放炮，远远望见炮火映红天幕，竟如同烟火一般好看，炮火在辽阔的水面上回声连绵，久久不息。整整一个礼拜，我们就这样在西湖上荡着，日日呆坐，夜不能寐。奇怪的是，我们竟是西湖上的一只孤船，一个礼拜都没有碰到过另一只船。

一个礼拜后，看炮火暂歇，我们上了岸。这个镇，叫作甘露镇。大哥带着全家，试图在这里立脚。当时，镇上一个大户人家刚刚生产孩子，忙得很，其他人家都很穷，连租房子都困难。甘露镇无法立脚，我们又去了荡口镇。我们取出藏在热水瓶内胆里的钱，在祠堂广场旁边一栋两层楼租了二楼的一层。没有床铺，便买来稻草铺在地上权作榻榻米，算是暂时安顿下来。荡口镇似还比较祥和，感觉不到战争的气息。我也很快从紧张的情绪里抽离，白天去书场听书，日子仿佛又回复了往日的平静。

不久，阳历元旦到了，听说常熟城里成立了"维持会"，局势已经基本安定下来。我和老用人商议着回去看看。我们找来一只船，船过西湖，时而看见湖面上有被日本人杀害的中国人尸体漂过，甚至还有人头。我转过脸去，只当没看见。到了常熟，我们由北门外上岸。我壮着胆子走在前面，老用人跟在后面。到了城门口，突然横里冲出来一个"东洋乌龟"（日本兵），手里拿着枪，枪上

有刺刀。我向他鞠了个躬,他不说话,拿枪往东一指,意思是让我们朝那个方向走。走过一家南货店,店里空荡荡的没有人,又走过熟悉的店面,都是冷冷清清的,再往里走,市面上的人才渐渐多起来。

回到家,发现临走时锁好的大门竟然敞开着,里面已经被洗劫一空,连家具也一件不剩。所有的红木家具都被日本人当柴火劈了烧了,用来烤火取暖。几十只装满皮货的牛皮箱也不翼而飞。只有一间房子里还剩下一张挂有蚊帐的大床。我和老用人挤在这张床上将就了一夜。大门已损坏,关不上了。那一晚,只听得敞开的大门外脚步杂沓,那脚步仿佛就踩在我的耳边,一夜无眠……

我的少年时代,就是在这里画上了句号。

1939年,抗战尚未结束,我便收拾行囊,在战乱中前往孤岛上海继续求学。这一年,我刚好十七岁。

写在边上

心底的波光与云影

正是冬天,室内阴寒。即便用着电热油汀,秦涵坤先生仍需穿上羽绒服和羽绒裤。"年纪大了,怕冷。"他说。他的卧室朝南,薄阳一缕,照在书桌上摊开的唐诗宋词上。那是他读了一辈子的书。

听他慢声细语地讲述,我产生了那么一瞬间的恍惚。我怀疑坐在面前的,不是年过九旬的长者,而是一个停滞在时间深处的翩翩少年。我在他历经世事的眼睛里惊讶地读到了一种与沧桑相悖的——清澈。是的,清澈。清澈得足以照见那遥远的波光与云影,清澈得不起一丝微澜,沉静而又淡泊。

我想起他的故旧对他的评价:一生看轻名利,旷远超达。这样的描述与我的所见相符——只有滤去了心灵和尘世的杂质,才能保持这一份长久而恒定的"清澈"吧。可这又是如何做到的?清澈,须与浑浊的尘世抗衡;淡泊,须抵御纷扰的利诱。有人避世以逃脱,然而,真正的超脱者,是身处俗世,唯我独醒。

我想起秦涵坤讲述的一些片段。逃难中途,他与老用人回到被洗劫一空的家中。那些担惊受怕的日子里,留在他记忆里的,不是抱怨与怅惘,竟是欢欣:老用人不知从哪里弄来白米虾,简简单单地煮熟调味,用来下面竟是美味至极;他们从隔壁的虞阳小学搬回一只"东洋乌龟"藏匿的红木书案,"上面山水图案的大理石真是美极"……那时,学校均已停课,竟有一间无锡国学专修馆在战乱中存活。秦涵坤趁乱去国学馆读书，在那里非但熟读了唐宋诗词、晚明小品，还由此激发了他对国学的毕生兴趣。

又说起一个看似凶悍的体育老师兼舍监，起先在课上挥舞藤鞭，凶神恶煞。在听说了他失去双亲的情况后，来到他的身边，与课堂上判若两人，神色温柔，悉心安慰，以后每见，必和颜悦色嘘寒问暖。还有一同舍男孩，每每熄了灯，两人便说悄悄话，说着说着，就偷偷塞给他一只酱鸡爪或者盐水鸭胗……那些细细碎碎的温暖依旧照亮着八十年后的长者的今天。

"要说童年的遗憾，自然有。没有父母，缺少天伦之乐。但那是无法改变的。至于你说的淡泊……可能只因从小家里有点钱，对'利'一直看得不重。"秦涵坤这样说。

七十年前,我也有过青春的叛逆

受 访 者 | 孙毅
职　　业 | 离休干部
出生年份 | 1923 年

爸爸和我说往事,淌了眼泪

我的爸爸叫周友胜,在上海开茶馆。我家茶馆店门上贴着两条楹联:高朋满座,胜友如云。胜友,(反过来读)正是我爸爸的名字。他的性格也像他的名字,豪爽直率,广纳朋友。现在的恒丰路桥,从前叫"舢板厂新桥",那儿曾经是外国人办的赛船总会所在地,由此得名。我爸爸的茶馆就开在那一带。

我爸爸是江苏宿迁人,从苏北逃荒来上海。他讲过一个故事给我听,说我爷爷当年被清朝政府抓去,打入侵台湾的日本人,从此一去不回,没有了音讯,多半是死了。爷爷不在了,家里没有了劳动力,奶奶只好带着当时尚年少的我爸爸去亲戚家讨粮。爸爸的老家是不毛之地,那些亲戚本来都穷,哪里有多余的粮食给你?我奶奶和我爸爸受了冷遇,正准备走,亲戚家的孩子从门后拉住我爸爸，小声说："小舅舅，床底下有粮。"

我爸爸跟我说这件事的时候，淌了眼泪。也就在那时候，我奶奶对我爸爸说："讨粮没有出路，你还是去上海找你哥哥吧。"

就这样，我爸爸孤身一人去了上海滩。那一年，他还不到二十岁。

父母要将我扣在裤带上

那时的上海，军阀混战，清政府被鸦片害得民不聊生，"不是洋枪就是炮（鸦片筒）"。辛亥革命以后，我爸爸有机会当了警察，也参加过革命军。我爸爸有这样的资历，就可以免受迫害。流氓是流氓，土兵（指地方兵）是土兵，老百姓是老百姓，各有各的圈子。我爸爸算是在上海滩混出了自己的圈子。

后来，我爸爸在一个资本家的工厂里做保安，慢慢地，站稳了脚跟。他三十八岁上才结婚，结婚那年，我妈妈十八岁。再后来，我爸爸有了点钱，就从工厂里出来，自己开了个"老虎灶"。这老虎灶不是一般的泡开水的老虎灶，还可以供人喝茶。生意越做越好，爸爸将老虎灶扩大成了茶馆。我爸爸照顾生意，我妈妈呢，就在家里忙家务。他们生了十一个孩子,我是老三。我上面的两个生下不久都死掉了。生我时,他们特别害怕我也死了。虽然我爸爸是个粗人,一字不识,连自己名字也不会写,心里却倾向于做有文化的人,所以我的名字里有个"文章"的"章",还要把我"扣"在裤带上,不能让我死,于是,就给我取名叫作"扣章"。

我妈妈是个本分女人,从不交际,吃饭也从不上桌,灶间就是她的房间。有了钱,她把以前赚的钱都戴在了手上,十个手指都戴满戒指。你说她为啥戴十个戒指?是为了保身价,也为了炫耀。她从前穷过嘛!

我的爸爸不苟言笑,很严厉。他喝酒,抽鸦片,还打麻将赌钱。赌钱,他总是输!输!输!他把妈妈手指上的戒指一个一个地输掉,到最后,十个手指上的戒指全都输光了。但我妈妈没有一句怨言。最后,我爸爸被我妈妈感动了。他说:"我这般模样,还是个男人吗?!"我爸爸是个男子汉,说到做到。首先,戒烟,不抽鸦片了!怎么戒?桌上摆满了生姜,烟瘾来了,就吃生姜,吃得舌头起白泡。爸爸的舌头破了,吃不了热汤饭,我妈妈每次都把饭用嘴吹凉了给他吃。爸爸抽大烟伤了眼睛,眼睛糜烂了,我妈妈就用舌头给他舔眼睛。那时候,我六七岁,这些场景都记得。在我心里,我的妈妈很伟大。

我长大一点才知道，我爸爸后来入了"通"字辈青帮（当年在旧上海，黄金荣站"通"字辈青帮），收了十几二十多个徒弟。渐渐地，他有了自己的一方势力。

我爸爸给我指的三条路，我一条也没走

我家的茶楼是两开间半，是个过街楼，楼下便是弄堂进口。家里只有一张床，那是我父母的。我呢，睡茶楼的地板。八九岁时，家境更好了一些。妈妈给我穿马褂、红袍子，戴瓜皮帽。到学校，所有的女孩都喜欢和我坐在一起。小时候没什么可玩儿，最喜欢过节，过鬼节，在弄堂里拉绳子，装鬼。最开心的，是过地藏王菩萨节。每年的农历七月三十晚上，家家户户在房前、屋后、路边、院子里都插上了香。有的插在阶石间，有的插在墙根下。天一黑，地上像是落满了星星，空气里烟雾袅袅，像是到了仙境。

可是，玩儿归玩儿，我很小就感觉到自己和生我的家总有哪里不合拍，但又说不出哪里不对劲。

我上的是国立小学，每年都有旅游，春游、秋游。大概上二年级的时候，学校组织我们去苏州旅游。去苏州，就得坐火车。父母知道了，不让我去。他们担心"扣

在裤子上"的我出意外,失去我。我急了,一哭二饿三上吊。我真的绝食了两天。这回,我妈妈急了。你问我饿坏没有?嘿,奇怪了!情绪不好,就感觉不到饿。最后,父母投降了。

到了第二年,又要去无锡旅游,我再次"革命"成功。这回,他们不再阻拦了。

这是我最初的反叛。

童年的日子过得特别快。转眼,到了上中学的年龄。我爸爸给我的未来定下了三条路:一是金饭碗,进海关,拿美金;二是银饭碗,将来去银行,拿银元;三是铁饭碗,去邮局工作。他不识字,但尊重读书人。他希望我读书,一点都没有让我继承茶馆的意思。只是我爸爸给我指的三条路,我后来一条路也没有走。

上了中学,我却令我爸爸失望了。我爸爸发现我越来越不听话,还喜欢犟嘴,他就对我动武了。一直到我十七八岁,他还经常让我在搓板上罚跪。尽管如此,我"劣性"不改。

有一回,我的大妹妹发高烧,几天不退。全家人都着急。我爸爸搬了好多烂泥放在地上,上面摆满荷叶,说是可以吸热。又请来巫师跳大神,把桌子搭成楼,巫师在前面敲锣,爸爸在后,让我也跟在最后,围着那"楼"转圈,口中念念有词。巫师在前面一喊咒语,我们就在后面喊"开锁",说是妹妹"灵魂被锁在地狱里了"。我觉得这一切很荒唐,极力反对,说:"你们这么做太愚昧!"可是,我拗不过他们,不得不听任他们这么做。那一天,家中锣鼓喧天,吵闹不堪,我劝阻不成,心里干着急,病中的妹妹需要安静啊!可是结果,这么折腾了一番,妹妹的病居然好了。

这一回,我爸爸胜利了。但我没想到,从此以后,爸爸却改变了。他嘴上不说,却在暗地里接受了教训,家里人一旦有病,就去找西医,再也不找人装神弄鬼了。

那是一次虚张声势的出走

我在少年时,还有过一次大的"家庭革命",那是一次虚张声势的出走。

念初中时,日本人打过来了。我是叛逆的,我爸爸其实也是叛逆的,他觉得我越来越不听话,很恼火,为了惩罚我,不让我再去读书。于是,我负气出走了。

记得那是一个暑假,我不告而别,在离家不远的地方找了一所私立小学,在那里应聘做义务老师,一待就是一个月。那年我才十六七岁,正是最叛逆的年龄,天不怕地不怕。没有栖身之所,无所谓。到了晚上,在教室里拿课桌一拼就可以睡觉。白天呢,和孩子们厮混在一起,很开心,几乎忘了自己是离家出走的。吃饭,也无所谓,我可以花之前存下的零花钱。上初中时,我迷上了画画,为了买纸买笔,买《芥子园画谱》,平时省下了一些饭钱和车钱。结果,之前省下的钱,在我出走后,派上了用场,借此支撑了一段时间。

那时候,我只想着自己的感受,没想过自己跑出去,家里会怎样,父母会不会担心。可是,好景不长,那点零花钱毕竟有限,很快,就囊中空空了。没有钱,撑不下去了,我这才想到了家。我饿了两天,到了第三天,硬着头皮有意走到我爸爸最喜欢的徒弟家门口去转悠,让他看见我。嘿,这点鬼脑筋我有。果然,师兄和他媳妇都看见了我,他们一个劲地来追我,我在前面拼命逃。说是"逃",那也是假的。一边逃,一边在心里巴望着被他们捉住。

后来,爸爸果然派人来找我了。我还嘴硬,说,得答应我的条件我才回去。什么条件?我要读书!之后的场景很精彩:我爸爸在楼上大光其火,暴跳如雷。我则在楼下被师兄他们包围着。他们劝我说,要让爸爸消气,就得放软当。"不能嘴硬!"他们说。又商量着如何保护我不挨打,最后,请来了十几个和我爸爸比较亲近的徒弟,为我护驾。临上楼前，他们苦口婆心地叮嘱我："不要犟嘴，不要犟嘴啊，你吃亏就吃亏在嘴上。"他们还拍胸脯许诺，一定会劝我爸爸答应我的条件："你要读书不是吗？稍微忍一下，就能读书了。小不忍则乱大谋！"然后，十几个兄弟，簇拥着我上楼。我表面上装出泰然自若的样子，其实私底下心跳如鼓。只见我爸爸气鼓鼓地坐在八仙桌旁，那八仙桌正上方敬的是关公，我爸爸的脸色和关公一样红。我没有看到我妈妈。

果然，我爸爸见了我，站起身就要打我。他的徒弟们一拥而上将我护住。爸爸喝了一声："跪下！"面前的地上摆了一个放铜板的木格子，让我跪在上面，听训。

我乖乖跪下，如跪针毡，膝盖生疼。只听得耳边传来父亲的训斥："老子走南闯北，打得今天的天下，你有得吃有得喝，还不知足。如今你越来越犟嘴……你非但要尽忠，还要尽孝，还要顺。你不顺着我，就是不孝！"我斗胆反驳道："我不是想赌，也不是想嫖，我想读书，有何错！"

"读书应该知礼，你却越来越不知礼！"爸爸的这句话，猛然点中我的要害，有如醍醐灌顶，我一下子泄了气。我低下头，说："我知道了，下次不再犟嘴了。"

这便是我少年时期的一次大叛逆。

之后，我表面上学乖了，但骨子里并没有改变。我没有跟从父亲入青帮，而是偷偷离开家，参加了中共地下党。那年，我上高中二年级。我走了，真的没有再回家。听说，我爸爸很伤心，他不知道我在干吗。他跟人说："我儿子不会干坏事。"是啊，我爸爸还是了解我的。邻居也有口皆碑，说我是好孩子，不会走邪路。

如今，我九十多岁啦。和你们今天的年轻人一样，在七十多年前，我也有过青春的"叛逆"。我最大的叛逆，就是走上了革命的道路。

写在边上

用一生来叛逆

其实，孙毅老先生一生都是一个"叛逆者"。

少年时，他叛逆自己的家庭，走上了"革命之路"。年老时，他又叛逆了自己的年龄。

无论何时见着他，都会被他周身洋溢的活力感染。耄耋之年的他，大踏步地快速行走，跳蹦着下楼梯，骑着助动车满大街转悠。银发的他，脸上始终带着童稚的笑。

这已经不是他第一次跟我讲起他的故事。第一次，是在将近二十年前,他读完我的小说《纸人》,写信与我分享他遥远的少年心事。那一次,我大大地诧异,因为之前,他是我心目中须得仰视的高高在上的"老领导"。而这一次的讲述,只为了我的倾听。他因轻度肺炎住进医院,在干部病房休息区,冬日暖阳淡淡照进,他一手打着吊针,一手为我翻阅斑驳泛黄的昔日笔记——那上面,有他的青春和回忆。

"我也有过青春的叛逆!"他得意地说道,继而,哈哈大笑,他的满头银发在逆光的阴影里闪耀着。

叛逆,意味着不顺从。

不顺从既定的安排,不顺从正常的规律,不顺从约定俗成的条条框框,不顺从看似无法改变的宿命,不顺从难以违逆的衰老……

年少时,叛逆,有时候和幼稚、偏执、自我表现、消极对抗等词汇联姻,你会因叛逆而头破血流,因为你面对的是一堵又一堵厚实坚固的"真理"的高墙。叛逆之刃伤害别人,也伤害自己。但是,一次次的碰壁后,伤口结痂,棱角磨钝。你在叛逆和碰壁中修正了方向,那个重生的自己,未必丧失真我,也许更加圆融、睿智和通达。

我更欣赏年老时的叛逆。年老时的叛逆,多半是一种反思,一种彻悟。不因老之将至而妥协,也不因生命即将终结而颓废。人生的新画卷徐徐展开，找回那个在尘俗中迷失和失落的自己，有的是好时光"慢慢走，欣赏啊"。

用一生去叛逆。我们要寻找的，始终是那个连自己都未必看清的真实的自我。

最陌生的人是父亲，影响最大的人也是父亲

受 访 者｜罗寒潭
职　　业｜研究员
出生年份｜1936 年

我没有爸爸

不同的人对童年有着不同的认识。有的人对童年毫无感觉；有的人一生都处在对童年的不断认识和发现中，直到生命终结。

对我影响最大的，是父亲；但我最陌生的，也是父亲。我几乎和父亲一辈子都没有什么交往。因为在我半岁时，父亲就走了，参加革命了，自此杳无音信。我是 1936 年出生的，他参加革命是 1935 年。他是怎么走的，当时连家人都不知道。他是做共产党地下工作的。小时候，印象最深的是我没有父亲，这是永远都摆脱不了的。我永远不知道父亲在哪儿。

那些年里，母亲常常跟我说起父亲的事，他上过什么学，在哪里住过，可我仍然对父亲感觉陌生，连父亲长什么样我都不知道。大概是三岁以后的光景，母亲拿出父

亲的照片给我看，可我还是觉得那上面是个陌生人，仍旧不知道父亲什么样。光看照片我不满足，我要知道他是什么样的父亲，哪怕和我说几件具体的事也好，但没有。即便说了，仍旧形不成具体印象。比如母亲说："墙上挂的箫是你爸爸吹过的。"母亲也能把箫吹响，但吹不成调。母亲还说："你爸爸上学时住在学生公寓里，为了省钱，冬天都没有火炉子，冻得要穿上很厚的皮袍子。"这都是些对我来说模模糊糊的话，我还是没有办法体验。我走在路上，看着路上的行人，想：我爸爸是这样的吗？我爸爸是那样的吗？仍旧摸不着头脑。在这种环境和心态下长大，我跟一般的孩子不一样。人家都会说"我爸爸"如何如何，我永远说不出这句话来。

让我困扰的是，不管我妈妈怎么跟我描述，我都无法形成对爸爸的印象。到了后来，困扰变成了一种紧张。大人逗我："你爸爸当八路去了。"他们越提我爸爸，我就越紧张。我小，不太会说话，只会说"爸爸到南方做买卖去了"，一会儿又说"我爸爸上大学去了"。我童年最大的缺失，就是没有爸爸。于是，我只能在妈妈的感受中去感受我爸爸，比如她吹箫了，我就想：那是爸爸吹过的。我又想：要是我爸爸吹，是不是也是这样的声音呢？后来妈妈又给我讲，她曾经给爸爸寄过一件皮袄，但妈妈说不清寄到哪里了，只说，他可能收不到，不然怎么没有回信呢？

我是在 TJ 郊区长大的。小时候，那是个镇，很小，有一条主干道，街上的地不是洋灰地，也不是沥青地，是大块的石板路，1949 年后那些路都没了。当时祖父、曾祖父和我们都生活在一块，他们是从河北 HS 来 TJ 的学徒。爸爸的上几代都没什么文化。曾祖父出来当学徒，家里很穷，将一件长袍改成了褥子。曾祖父老说这个，说自己"从糠堆里跳到了粮堆里"。曾祖父出徒后，当了账房，后来又做股东，入的人力股。他不需要投资，能力本身就是股。我祖父也是类似的经历。他们的生活慢慢地好起来。当时，我们的家境还不错，所谓的不错和如今的不好比，那是抠出来的钱。我小时候没吃过什么大米，都是小米饭，好一点，是两种米，叫作"二米饭"，小米和大米掺在一块煮。我印象最深的是，每天早晨吃的烤馒头片，都有一股馊味。自己做的西瓜酱，搁点黄豆，发酵，放上很多盐，用馒头片夹这个吃。我问小叔，馒头怎么有馊味呢？小叔说，馒头就是这样的吧。过了段时间，我又问大人。大人说，买的是捂了发酵的面粉，便宜。我纳闷，怎么让我们吃这个呢？后来才弄明白，大人是为了攒钱，去农村买地。还有，春节时，一下买半条猪，切成小块后，放盐腌，这肉要吃上一年，吃到最后，肉都坏了。我闻见那个味道就恶心。来客人吃西瓜，我们小孩是不能一起吃的。客人走了，大人把客人吃剩的西瓜再切下来给我们吃。这些细节，也让我感觉，我没有爸爸。我想，如果有爸爸，就会好很多。我非常想有个爸爸跟我玩。

后来，我才知道，爸爸走前留下了一本杂志，叫作《诗歌季刊》，1934年出版的创刊号，我到现在还留着，可惜没有封面了。若干年后，我曾经拿出来给爸爸看过。

妈妈将那本杂志找出来给我看，跟我说："这是你爸爸读过的。"里面的内容我读不懂，都是"五四"以来诗歌发展的论述，只有一篇《河北童谣一束》我能看懂。"妈妈受累不要紧，等儿长大多孝顺"，"有钱的拉吧拉吧嘴，没钱的拉吧拉吧腿"，我一下就背出来了。这一组童谣让我记住了。我想：什么时候爸爸能回来，跟我讲讲这本杂志呢？后来我又发现了爸爸的一本笔记，写的多半是反封建的内容，批判的是什么"农村里认为照相时把人的魂勾走了，人会变傻"之类的愚昧观念。爸爸的字写得很工整，很好。有了文字的东西，我慢慢理清爸爸是个什么样的人了。我觉得，他读过的书，他写的东西、留下的字迹，那就是我爸爸。

我当时就想，我没有希望了

到了 1945 年，我九岁了。有一天，我爸爸来了一封信，但也没说他在哪里。里头有一句话："不知寒潭现在还活着没有？"那年头，孩子容易夭折。我听了这句话，躲到另外一间屋子悄悄地哭了。爸爸在信里提我，说明爸爸还想着我哩。

但是，国共分裂以后，爸爸又没联系了。一晃，到了 1948 年冬天，TJ 解放了。突然有一天，家里来了一个客人，直接找到爷爷奶奶。过了一会儿，爷爷奶奶偷偷跟我说："你爸爸回来了。咱们要去一趟，别告诉你妈。"

为什么不告诉我妈妈？因为我爸爸已经在 YA 结婚了。我和爷爷奶奶瞒着妈妈，偷偷去了 BJ 的一个高级宾馆，那里住着 YA 来的干部。一进门，我奶奶就哭了，说不出话来。房间里还有个女的。我爸爸见着我说："叫妈妈。"那个女的摆摆手，说："不要，叫同志就行。"见到爸爸的同时，我也见到了后妈。我当时就想，我没希望了。爸爸跟奶奶汇报："我现在有两个孩子……"我站在边上，觉得自己没有位置，不可能融入爸爸的新家了。

我不知道爷爷奶奶后来是怎么告诉我妈妈实情的，就记得那一天，妈妈躲在房间里偷偷地哭，我也不知道该怎么劝。又过了些日子，爸爸走了，他参加一个访问团去了苏联。再后来，他回到东北，来了封信，说组织上规定，共产党员不能有两个妻子，要和我妈妈离婚。

我爷爷奶奶非常反对，说等了你这么多年，怎么就等来了这个？我妈妈呢，她的伟大就在这里，她情绪不好，很伤心，但她没有哭也没有闹，只说不离婚。她从来没发过脾气，遇到这样的事情也不发脾气。爷爷代妈妈给爸爸写信，说如果要离婚，我们家就和你脱离关系。有一次，我妈妈让我寄一封信，是写给我爸爸的，她没有封口，我拿出来看了。有一句话我记得："我等了这么多年，我死了，是你们家的鬼。"我妈妈是下了决心不同意离。但爸爸那边逼得紧，找了人到我们家做工作。再后来，妈妈觉得实在没有办法，同意了。

我妈妈没有多大学问，识字而已。离婚那年，我妈妈三十八岁。回过头来想，我妈妈经历了多少酸楚的生活。后来，我爸爸回来过一回，妈妈提议说，去看一场电影吧，一家三口一起。在电影院里，我坐在他们两人中间，妈妈穿了旗袍，打扮得很整齐，至于他们说了什么我没印象了。再后来，要办离婚手续了，又带上我一起去。我不知道他们为什么要带上我。我去了，觉得非常尴尬。在法院，还没轮到我们办手续时，我遇到一个高个子男人，这个男人和他妻子在闹离婚，两人当着别人的面仇人一样地吵架。轮到我爸妈时，我妈妈非常平静，摁手印的时候，她的手在发抖。在那个场合，我一句话也不说，不知道该说什么。

对父亲，我谈不上怨恨，但就在那一刻，突然觉得这人很陌生。对我来说，他没有任何值得怀念的东西。过去，还有爸爸留下的书和笔记，我觉得他是个有学问的人。而那一刻，我对那些忽然就没印象了。

就这样，突然地在情感上对父亲疏离了，他完全成了一个陌生人。我盼着他们赶紧办完，然后和妈妈回家。

感觉有阳光透进来了

我怎么办？我的经济怎么办？家里的经济状况越来越困难。这是全家面临的最大的问题。我初中三年级时，觉得身体不舒服，咳嗽，还吐血，心里很害怕。诊断出来，是肺结核。家里没办法，只好找爸爸。其实到后来，我爷爷并没有和爸爸脱离关系。

爸爸是供给制，没办法给钱，说再想办法。他找到中央组织部，说明了我的情况，结果，组织上安排我去北戴河中直疗养院休养。当时我十四岁，那是我第一次离开家。

那个地方给我的感觉很温暖。在那里休养的大多是老干部，我年纪最小，他们对我都很好。那段时间，老干部们给我讲了很多有人情味的革命年代的故事。有一个姓王的伯伯，他很早就参加革命，全身僵直，除了脖子能动，其他部位都不能动，我们管他叫中国的保尔·柯察金。王伯伯喜欢写诗，我喜欢读诗，他常常写了新诗就读给我听。那段经历给了我精神鼓励，觉得生活还有光明的一面。

给我精神鼓励的，除了那些人，还有周围的景色。那里有很多名人住过的别墅，每天面对大海，海的宽广，蓝天绿树，红顶素墙，都给了我不一样的感受。我在那里整整待了一年多，养好了病。那个阶段的生活很丰富，看风景，听音乐，在图书馆里看书，我喜欢的普希金的书最早就是在那里看的。

也是在那里，开始了一个少年的春心萌动，懵懵懂懂地知道男孩和女孩是不一样的。情感世界也丰富了，感觉有阳光透进来了。

疗养院里有不少和我年纪相仿的女护士，我会暗暗比较哪个女护士对我好，心里有甜蜜的感觉。有一个比我大七八岁的女病友A，她既把我当小弟弟，也当作很好的朋友。A是记者，来这里做睡眠疗法。有一次我们出去散步，在海滩边看海，然后，坐下来聊天。她说："小罗，你太像我弟弟了，我看见你就像看见我弟弟。"她说这些是无心的，却让我温暖。我在家是独生子，心想，能真的做她弟弟多好。吃完晚饭，天都黑了，A会约我："去海边见一见吧。"我们坐在那里看海，回来又在台阶上坐一会儿，说说话。

她在这里治疗，用的是睡眠疗法，屋子里规定不能进人，要拉窗帘。有一回，她让护士给我传话，让我给她送把剪刀。我就去了。进去一看，屋子里是黑的，门是开着的。这时，医生来查房了，见我在这里，对她说："你在用睡眠疗法，不能让人来打搅你。"我解释说："我是来送剪刀的。"结果，和她没说上几句，我就走了。可我心里一直不好过。

再后来，她回了BJ，给我写信，说："现在还得接着治疗，我们争取见一面吧。"那时我也回TJ了。后来好不容易找着机会，我们约在她去医院挂号的时候见面，她请我吃了顿饭。她写给我的那封信我保留了很久，直到信纸折叠的部位脆了，断了，才丢掉。我很后悔丢了它。我记得那天吃的是回锅肉，吃完了，她说再联系，但之后就再也没有音讯了。那是后话。

在疗养院里，我还认识了一个比我大的病友，她也是休学的。我们组织了一个学习小组，常在一起读书，她也认识A。过了好些年，是她告诉我A的去向，说她去了内蒙古，结婚了。我没有再问下去。你说这叫"初恋"？是啊，从情感上是这样的。A走了以后，再没音信。她去了内蒙古以后，我也找不着线索了。知道她结婚，就是结局。很多年以后，有了网络，我在网上搜索她的名字，但没有搜到。

我没有感觉爸爸的家是我的家

离开疗养院以后，接着回去上学。耽误了这么长时间，原来的学校学习跟不上了，可我又不想留级。爸爸替我找了很多人，好像都不行。我只好到东北爸爸那里去。"到爸爸身边去"，想到这个，我挺高兴，有种新鲜感。妈妈说："你跟着爸爸也好，跟着爸爸，经济上有保证。"

爸爸住在AS，他的居住条件非常好，但爸爸没让我住在家里，让我住在招待所。后来我后妈说了，不要住招待所，在家住吧。可是没过多久，爸爸又调去了BX。

你问我爸爸是个什么样的人？他本质上还是个文人，是个书生。他为左联工作过，还写过小说，在一个叫作《新生》的杂志上写过长篇连载。我问爸爸，还找得到那本杂志吗？他说找不到了。

爸爸去了BX以后，我仍旧住校。那段中学时光给我留下了温暖的记忆。

记得那时候，宿舍里的床铺就是榻榻米，把稻草铺在地上，在上面铺褥子。东北吃的高粱米，我倒也习惯。一个礼拜能吃上一次大米饭，最好的菜，就是一人一块豆腐，搁点酱油和葱拌一拌，偶尔吃上一顿肉。一个月的伙食费八元，爸爸每月寄给我二十五元钱，在学生中间我算是很富裕的了。

那时候，我和我的语文老师走得很近。这位语文老师孤身一人来到东北支援教育，他的夫人因为受不了东北的寒冷，留在了南方的家乡。我对这位老师，有着特殊的感情。我感觉他特别信任我、器重我，我的每篇作文，他几乎都给五分，只有一次，打了四分；他安排我和另一个同学出板报，帮助我提高了作文能力。这些举动在他可能是无意识的，却极大地鼓舞了我。我和老师在一起，觉得既温暖，又轻松。我把家里的一些事情主动告诉他，但他却很少问。

老师是南方人，特别怕冷，冬天总是穿得很厚。每月一发工资，老师便把大部分的钱寄回家去，到了月底，连买烟的钱都没有了。有一回，老师硬着头皮问我借钱。当时，我特别高兴，觉得自己终于能为他做点什么了。我先后借过两回烟钱给他。对于老师来说，不得已问学生借钱，或许有些难堪。在我，却是求之不得的事情。因为，我在暗地里，把他当成了自己的父亲，能够借钱给他让我特别愉悦，我在老师身上倾注着自己无处释放的对父亲的孝心。

上高中时，还有一位姓傅的女老师，教化学的。她刚从师范大学毕业，比我们大不了多少，可她看上去显得年龄很大，大概因为总是很严肃的缘故。有一回，傅老师问我："礼拜天你回家吗？"我说我不回家，我家不在这里。她说："那礼拜天给你补课吧，我也不回家。"

我记得，那个礼拜天，雾气弥漫，可是走进她的教研室，却觉得特别敞亮。她给我沏了茶。补课时，她又流鼻涕，又咳嗽，讲话也闷声闷气。我说不要补了。她说没事。当时，感觉她像母亲，又像姐姐。她没家，我也没家。后来，我把她那里当作了我在 AS 的一个家。

过年了，班里要组织一个晚会，我就请她："傅老师，请您来。"快到新年时，班上同学嚷嚷，傅老师的男朋友来了！结果她新年晚会就没来，我很失落。有一次，在楼梯上遇见她。问她怎么没来，她说："我有事。"

哦，那都是少年时的记忆了……

现在回想起来，那时候，即便和爸爸生活在一起了，我对爸爸还是没感情，因为有后妈。爸爸对我的关心，只能埋在心里。在 AS 上学两年多后，我又生病了。我隐约感觉到，那时候，爸爸不太愿意接纳我了。生了病，我去 BX 爸爸那里，问他："我是休息一段，还是怎样？"爸爸说："你就回 TJ 吧。"我心想：那好吧。我没有感觉爸爸的家是我的家，自己也想回 TJ 了。当天我就从 BX 回到了 AS。

我很晚才回到了学校，同学们都睡了。那天，我没有吃晚饭，在车站上车前买了几个李子。大冬天的，李子都冻住了，我一边吃一边上了火车。也就在那一刻，我决定休学，回 TJ，准备考大学。

我们都盼着这一天……但是，爸爸去世了

我再一次休了学。

回到 TJ，在家养了一段时间的病。妈妈在合作社工厂踩缝纫机，我也想出去工作，但我没有初中毕业证，也没有高中毕业证。那段日子，我曾经给大学里抄过卡片，也去图书馆帮过忙。还有一次，志愿军文工团招生，我也想去。回来后跟妈妈一说，妈妈说："不行，怎么能去朝

鲜呢？得上大学，不能上，就在家养病！"妈妈这样说，我心里反倒踏实了。

后来，我考上了大学，毕业后留了校。这个阶段，爸爸变得很关注我。那时候，他工作不像以前那么顺利了，家庭生活也不太幸福。后妈很强势，她和爸爸其实是再婚家庭，她的前夫是游击队员，在战争中牺牲的，她自己也拿枪打过仗，生过的一个儿子也在战争中失散了。后妈的历史很过得硬。后妈走路，皮鞋咔咔响，爸爸却永远是慢声细语的。我和我爸爸的性格其实很像。

记得有一次，爸爸说，那年"五一"在某某杂志上，看到我写的文章了。他最近买了一本谁谁写的书，看我以后可以超过他。再后来，我终于出版了第一本专著，这让爸爸非常自豪。那已是1978年了。

一些年以后，我也当了爸爸。父亲当着我的面对孩子说："对他（指我）我什么帮助也没有，他是靠个人奋斗起来的。"那时，爸爸得了癌症，住院了。他给我们写信，给我和我孩子写，却不署我妈妈的名字。他在信里写："出院后，我要到TJ去，带上你奶奶，在TJ城逛一逛。"

我们都盼着这一天。但是不久，我爸爸就去世了。

那天傍晚，我接到了一封电报，当时，我妈妈正在做晚饭。妈妈问:"是谁的电报?"我说是外地一个朋友发来的,没什么事。妈妈没吭声。我看了电报,悄悄跟女儿说:"你爷爷去世了,怎么跟你奶奶说呢?"接着,又叫来我的堂妹,商量怎么跟妈妈说。以前,我只跟妈妈说过,爸爸患了癌症。但这个结果,无论如何都开不了口。可到最后,还是得说。告诉妈妈时,她很平静,说:"你那天收到电报时,我就知道了。"自那以后,妈妈就不怎么提爸爸了。

我性格的养成,和这样的童年经历有关,我只能在孤独中寻找心灵寄托。我很小的时候,对大自然就很敏感,我想,树有年轮,树的一生就是人的一生,记忆就是年轮。

我没有抱怨,生活和命运是如此安排的,我只能顺从。我妈妈心平气和地顺从,我有什么不能顺从的呢?我后来也理解了我的爸爸。他是无可奈何,即便在他没能力照顾我的时候,也在默默地关心我。

人永远都得寻找一个精神寄托。怎么找到?不同的人有不同的路径。至于我,把自己对人生的感觉一点一点写下来,那就是寄托,是安慰。

写在边上

平静地体会痛苦

面前的长者温润如玉、文雅可亲，他的故事，却寒凉锥心，令人唏嘘。

父亲，是罗寒潭生命中最大的缺失，也是最大的存在。父亲的缺席，因为战争的残酷，也因为生活的复杂、命运的吊诡和不可阻抗。很难去谴责谁，每个人都是命运和时代的蝼蚁，有几人能做逐浪者和逆流者？

对一个男孩来说，父亲不仅意味着依靠、安全，还意味着人生的榜样和方向。男孩，从父亲身上看到自己，以及自己的未来。"我没有父亲"，却像一根藤蔓纠缠于少年罗寒潭挥之不去的意识里，他终其一生都在寻找"父亲"，也在尽一己之力填补这巨大的生命的空缺。我们看到这个少年在幸福和失落的浪尖攀升跌落，亦看到明媚的光影从云层后探出，照进他灰暗的青春一角。

那些光影是什么呢？除了母亲的爱，还有那段艳阳朗照的北戴河时光。少年罗寒潭重新发现着自己和这个世界。正如少年大江健三郎无意间注意到柿树枝头闪烁着光亮的水滴，借此"发现了围拥着峡谷的那座森林"，罗寒潭也是在不经意间被海的变幻万千的景色和孕育着生机的鸽子窝所吸引,他专注地凝视着周遭的一切,忽然觉得这个世界竟是如此可爱与美妙。还有周围的人为他打开的另一番天地,老干部们在回忆中创造的纵深与宏阔,因年轻美好的异性而牵引的纯洁微妙的青春潮汐……即便喜忧参半,又何尝不是令人感动的、赤诚而珍贵的生命体验呢?

尽管没有和父亲生活在一起,但罗寒潭的身体里流淌着父亲的血,不仅性情,连爱好也相近。父亲不存在,父亲又无处无时不在。回忆往事,罗寒潭只有叹惋,没有怨恨。他一再提到"心平气和"四个字:"连我母亲都心平气和,我有什么理由不心平气和呢?"罗寒潭说。心平气和地接受现实,心平气和地认清当下,心平气和地朝前走……

杨绛说:"假如说,人是有灵性、有良知的动物,那么,人生一世,无非是认识自己,洗练自己,自觉自愿地改造自己,除非甘心与禽兽无异。但是这又谈何容易呢。"如果没有面对不公的心平气和,就没有日后罗寒潭的温润如玉。进一寸有进一寸的欢喜,退一寸也应有退一寸的疏阔。平静地体会痛苦是一种能力。因为无能为力,所以顺其自然;因为心无所恃,所以随遇而安。真正的开悟,也许就是在任何时候、任何情况下都能从容地活着吧。

父母去世后,我看到了两个截然相反的世界

受 访 者 | 沈金珍
职　　业 | 公司财务
出生年份 | 1954 年

爸爸去世不到半年,我们又参加了妈妈的葬礼

我爸爸是建筑公司的泥水匠,妈妈不识字,也没有工作,她是爸爸的填房。我们家里有八个孩子,有两个同父异母的哥哥,他们不和我们住在一起。我在家排行老六,下面还有一个弟弟和一个妹妹。我从十一岁起就帮着家里开始做大人的事了。比如,出去借钱。

我爸爸一个月的工资是五十七元,要养八口人,常常前吃后空,妈妈经常叫我去张家或李家借钱,五元、两元、一元地借。爸爸发工资的日子还没到,妈妈就让我去爸爸的公司里要求提前支取工钱。我年纪小,倒不觉得尴尬,乖乖地等在公司财务室的门口。那些会计阿姨会说,哟,老沈的女儿蛮漂亮嘛,将来长大了也做财务哦。没想到,我后来真的做了财务。

可是,工钱拿回来没多久,妈妈又让我出去借钱了。

家里的经济状况糟糕到极点,平时吃的是酱油和盐拌的籼米饭;冬天,棉袄破了,棉花露出来,就用绳子扎扎紧,这样可以暖和一些。弟弟妹妹实在没衣服穿了,就把稍微值点钱的东西拿去当掉,凑点钱换衣服。其实,那时候所谓的借也就是讨,有借无还,人家也知道,借给你,就是送给你了。所以,我经常是借了这一家,下回换另一家继续借。那个年代,底层的人家都穷,但像我们这么穷的并不多。

1967年1月,我爸爸死了,死于胃癌。我们去殡仪馆和爸爸告别。我记得爸爸穿着一身咖啡色的纸衣服,躺在冰凉的铁板上。是的,就是纸衣服,家里买不起寿衣,只能让爸爸穿纸衣服。爸爸的葬礼上,我们六个孩子一溜的萝卜头站在爸爸的遗体边,妈妈哭得撕心裂肺……我站在那里,想起了好多关于爸爸的事。爸爸性格很内向,很温和,他话很少,有什么事情都是憋在肚子里。我去他公司里领工资,爸爸会带我去食堂买早饭给我吃,一只淡馒头、一碗白米粥……爸爸去世后,每当我路过爸爸的单位,都会想起爸爸那天早晨买馒头、买粥给我吃。哪怕我现在六十多岁了,我都忘不了。

爸爸去世,我还没有绝望,不管有多苦,只要有妈妈在,我就觉得还有依靠。可是,没想到,爸爸走后不久,妈妈也病了。

爸爸去世后，居委会安排我妈妈去翻砂厂做临时工。工作了没多久，妈妈便觉得喉咙痛，痛得忍受不了，只能去医院看病。我陪妈妈坐着三轮车去了医院。当时，妈妈的脖子那里已经红肿糜烂，闻上去很臭。医生诊断说是淋巴癌，已经是晚期，治不好了。他给妈妈配了点药和纱布，让我每天给妈妈换药。

我没想到妈妈会走得那么快。1967年7月的一天，那天下午，只有我和妈妈两个人在家，妈妈一直在床上昏睡。有那么一小会儿，她醒过来，看见我，朝我招招手。我走到妈妈床前。"小宝宝，"妈妈说，她讲话已经不利索了，"我口渴……想吃西瓜。"我点点头，捏了五分钱，赤脚出了门。离家不远的地方，就在河南南路复兴东路的路口，有个西瓜摊，那里的西瓜切片卖，两分钱、五分钱一片。我很快就把西瓜买来了。可是妈妈已经吃不下，她咬了一口，就不吃了。她又指指桌上的茶杯。我拿过杯子，扶着妈妈，给她喂水，可是妈妈连水都咽不下去了。她慢慢地歪下脑袋，靠在了我的肩上，水顺着嘴角淌下来，她的眼角也流下了泪……

我惊慌地大声喊楼下的邻居："咬云爸爸，我妈妈不行了！"咬云爸爸奔上来，轻轻拉掉妈妈倚靠的枕头，妈妈的身子倒了下去……

妈妈死了。我当时最强烈的心情不是悲伤，而是恐惧。咬云爸爸打电话给正在上班的大哥，大哥居然害怕得不敢回家。妈妈对大哥最好，他不是不爱妈妈，他只是害怕。

妈妈死时，我以为她是四十九岁。许多年后，我去派出所登记父母的出生日期，才发现妈妈去世时其实只有四十六岁。她四十四岁时，刚刚生下妹妹。她怀妹妹时，还去卖过血。她用宽带子裹住腹部，不让医生看出她是孕妇……

爸爸去世不到半年，我们在同一个殡仪馆里参加了妈妈的葬礼。和爸爸一样，我的妈妈躺在冰凉的铁板上，穿着咖啡色的纸衣服……

妈妈去世后我们再也没有问别人借过钱

我们成了孤儿。家里完全没有了生活来源，居委会每月补助一个孩子八元，但这点钱仍是杯水车薪，我们常常是吃了上顿没下顿，冬天也买不起被子盖……那时候，我大姐已经结婚了，嫁去了宁波乡下，姐夫用轧的米换来全国粮票寄给我们，我们总算有了米吃，但是买菜的钱依旧没有，就用酱油和盐拌饭。冬天了，家里没有足够的棉被，我带着妹妹睡在三块铺板搭的床上，怕冷，就在床下面生炉子取暖，时间长了，造成了慢性一氧化碳中毒，落下偏头痛的毛病，这病到现在都没好……一言难尽，我也不知道我们这些兄弟姐妹是怎么活过来的。

姐姐出嫁了，哥哥去上班，弟弟妹妹还小，我挑起了家里的担子。爸爸妈妈走后，我感受到了周围人不同的态度。有人同情我们，也有人看不起我们，甚至欺负我们。有的邻居会指责我们这些小孩"没有父母教训"，不是我哥哥做的坏事，也说是我哥哥做的。我们兄妹几个互相打气：一定要争气，不能给人欺负。

当时哥哥单位里有个老太太家里没人照顾，让我去做保姆，一个月的工钱是五元钱。我从此不再准时上学，经常逃课。我给那个老太太端饭，倒痰盂，擦身洗澡，做得像模像样……那时候，我只有十三岁。我寻找一切可能赚钱的机会，学着纳鞋底、翻棉袄、做衣服，隔壁一家人接了做拖鞋的活儿，我也去做帮工，做一双拖鞋可以赚五分钱。做用人，带妹妹，做帮工，这就是我的青春，但我不觉得苦。就这样，稀里糊涂就初中毕业了。1972年，我参加了工作。

我被分配在一个大集体单位，在一个水果店当营业员。我是1972年的12月6日去报到的，那个日子，我记得清清楚楚。要赚钱了！当时心里说不出的兴奋。我那同父异母的大哥常说，爸爸最喜欢我，摸着我的头叫我小宝宝，他说："我家小宝宝很聪明，长大了做财务。"我当时没感觉，后来真的一点一点应验了，没什么文化的我真的做了财务。

（哭）……你说要采访我，我觉得我没什么好讲的。我很平常，也经常受人欺负。碰到那么多事，但我很坚强，从来没有绝望过，我还始终坚信一点：良心好，善良，一定有回报。

妈妈去世后，我的嫂嫂给我做工作，劝我把当时只有三岁的妹妹送给一户资本家做养女，我不同意，我说我能养得起妹妹。我在老太太家里做用人时，还有一大收获。老太太的儿子字写得特别好，我没事就跟着他练字。我工作以后，人家都好奇，我怎么写得一手好字。

特别值得骄傲的是，妈妈去世后我们再也没有问别人借过钱。我也永远记得同父异母的大哥和嫂嫂对我们的好。我和妹妹那时候经常走一个钟头的路去大哥家吃饭。大哥还瞒着嫂嫂，做了皮鞋去菜场卖掉，换钱来接济我们。他自己有了一点闲钱，五元十元的，会买上大饼油条送来学校给我和妹妹吃……所有的人对我们的好，我都永远记得。

只是，父母去世时，我们都太小。那时候，作为孩子，我们的心情是害怕多过伤痛。爸爸妈妈以前都拍过黑白照片，在木箱子底下藏着。可是不知为什么，所有的孩子都不敢看……后来，我们稀里糊涂地把父母的照片都扔掉了，再也找不到了……这真是一种只有小孩子才有的奇怪的心情。我们不是不爱爸爸妈妈。现在想来，真是后悔。

就这样走过来了，小时候有过这样的经历，后来我无论遇到什么样的坎坷，都觉得算不了什么，都比不过我小时候受过的苦。

爸爸妈妈去世后，我看到的是截然相反的两个世界：一个是美好的，充满同情心的；另一个是冷漠的，有些人是恶的，势利的，甚至是看你笑话的。后者的这部分人甚至更多。但我一直这样想，别人越是看不起我，我越是要强。这辈子，我一定要做一个好人，要对得起自己的良心。

写在边上

抵抗人性之恶，犹如一场战争

我们一贯受到的是人性善的教育，但事实是，厄运当头时，当事者遭遇的可能更多的是人性之恶。抵抗人性之恶，犹如一场旷日持久的战争。

关于人性善恶的哲学命题，一本大书也无法写尽。其实，无论是成人还是孩子，每个人身上都有一个魔鬼。这个魔鬼一直蠢蠢欲动。当遭遇不公时，当深陷难以为继的窘境时，当外界的环境失衡时，这个魔鬼最容易跑出来。

小孩子大抵以一颗善心去看待这个世界，但他们同样可能遭遇失望。比如，因时代所限，人们哪怕非常勤劳，也难逃困顿的生活。即便如此，长辈对晚辈的教育，依然是"勤劳能够改变命运"。虽然，勤劳一辈子的他们，境遇并无多大改变，但老人们仍然持守着自己的人生准则。正如故事的主人公朴素的信仰："我还始终坚信一点：良心好，善良，一定有回报。"她心中的善最终战胜了外界的恶。

沈金珍确实得到了回报。她一生恪守本分，不可思议地如父亲所愿"做了财务"，还拥有了一个富足安稳的家。她所坚守的，只是一些最普通的信仰。她在勤勉之余，认真做好自己有能力做好和应该做好的每一件事。她从来没有把自己的遭遇归结于别人的恶，更没有因为命运不公而放弃努力，随波逐流。所以，我也时时提醒自己，并且鼓励正在成长着的人：纵使千万人堕落，也不是自己堕落的理由；哪怕黑夜漫漫无尽头，也定会有一颗发亮的星星。

淡忘的童年一定不重要,我只记住不能忘却的

受 访 者 | 黄美琴
职　　业 | 国企中层管理者
出生年份 | 1958 年

我不缺少爱,但缺少亲近的人的爱

我小时候并不缺少爱,那些爱来自很多人,我缺少的是亲近的人的爱。

我的父亲是解放上海的南下干部,母亲在卫生防疫站工作。印象里,他们总是很忙。

我上幼儿园就开始寄宿了。到了星期天,妈妈也没空来接我,于是,季老师把我带回了自己的家。季老师留着利落的短头发,黑黝黝的皮肤,挺直的鼻梁,长得像电影演员田华。季老师的家离幼儿园很近,走不多远,就看到一排临街的单薄的矮平房,地势比街面低,板壁的墙、简单的陈设、方桌、长凳,一到吃饭时,很多小孩子趴在桌上围在一起吃。那些小孩子都是季老师的弟妹,我也不怕生,混在他们里面一起吃。

有一回,我染上了白喉病,但是我很高兴,因为季老

师也得了白喉，我们一起住在医院里。我的传染病房在医院三楼，家属不能上来探望。病房带有一个小阳台，那些不能进来探视的爸爸妈妈只好把吃的东西放在篮子里，偷偷地请季老师把篮子吊上来，分发给各自的孩子。别的小病友都拿到了吃的，只有我没有。因为我妈妈是一个讲规矩的人，医院里规定不可以带吃的，所以她一定会遵守规定。篮子吊上来的那一刻，我没有在里面发现妈妈给我的吃食，当时的失望刻骨铭心。季老师轻轻地说了一句："小朋友们都有吃的，只有一个小朋友没有……"这件事成了我的一个小小的心结，长大后，我婉转地问妈妈："为什么不给我带吃的？"可是妈妈却完全记不得这件事了。

我们家的家庭教育，特别讲究长幼尊卑，晚辈是绝对不能责备长辈的。所以多少年后，我才敢找一个合适的借口问我妈妈。其实，我有很多类似的问题得不到解答，我和父母聚少离多，想问的时候，他们不在身边；在身边的时候，又忘记问了。现在，妈妈永远地离开了，我再也不可能寻求答案了。

我现在单身，和我小时候的独自长大也许有关系。家庭的亲情在我的概念里是模糊的。我只记得，常常巴巴地去车站等妈妈下班，等到天黑了，又只好一个人悻悻地回家。我的妹妹比我幸运，她在外婆那里的大家庭长大。我身体不好，还得过传染病，不能住到外婆家里去。我羡慕妹妹，妹妹却说："舅舅舅妈再喜欢我，但终究不是自己的父母。"

我上了小学，父母还是不着家，他们花钱请隔壁的邻居充当我的保姆。保姆家里做什么，我就吃什么。可是我不喜欢保姆家做的饭，她给我做猪尾巴，我不喜欢吃，但我不敢说。当你是个弱势小孩的时候，保姆就是你的主人了。我婉转地对妈妈说，我们家附近有工厂，我是不是可以去工厂食堂吃饭呢？妈妈说，不可以。我也不问为什么，老老实实继续在保姆家吃饭。妈妈每个月给保姆十五元伙食费，可是她做了好吃的都藏起来留给女婿吃。那个年代，男人是家里的顶梁柱。这些，我都没有告诉妈妈。

经历了濒死体验，我觉得死亡不可怕

虽有不如意，但无论如何，我都要感激保姆。因为她后来救了我的命。

那是 1967 年秋天。那天晚上，父母破天荒早早地回了家，但那时已经过了晚饭时间，我是在保姆家吃的饭。他们两人坐在写字台旁边，专注地欣赏着收藏的毛主席像章。各式各样的像章被小心地别在海绵上，一层一层地铺在木头盒子里。我站在旁边看了一会儿，只觉得自己身体僵硬，很不舒服，于是，就对妈妈说，我想去睡觉了。父母没在意，说，那就去睡吧。那时是晚上八点多。

但我一直睡不着，浑身难受，到了半夜，感觉四肢伸直了不能弯曲，好不容易弯曲了却难以伸直，整个人都僵硬了，好像变成了一块木头。我有些惊慌，千万次想呼喊爸爸妈妈，但是终究没有喊。我想，他们难得早回家，我不能打扰他们。就这样，迷迷糊糊地过了一夜，早晨爸爸什么时候离开的我不知道，只知道妈妈来叫我起床，我含糊地说："我起不来。"妈妈也没有引起警惕，她出门前对保姆说："琴琴好像不舒服，你过会儿带她去医院看看。"说完，就去上班了。

我又躺了一会儿。迷糊中，听见保姆在叫我。我努力地撑起身子，低垂着头，神思恍恍惚惚。保姆正在公用水池边上洗衣服，她叫了几遍我的名字，又走过来拿了个痰盂放到我的床边。我坐到了痰盂上，头仍然低着，感觉自己的脑袋重得像石头。保姆伸手摸了摸我的额头，惊呼："不得了！不得了！恐怕是脑膜炎！"当时正是脑膜炎流行季，她接受过防病宣传。说着，她找来了两个外孙，一个去叫三轮车，另一个从家里找出口罩，她和小外孙都戴上了口罩，用军用毯子把我盖好。这时候，三轮车夫也来了，他把我抱上了车，一路狂蹬，将我送到地段医院。医生一看我的状况，就说："是脑膜炎，地段医院看不好，得转院！"三轮车夫又背着我，直奔另一家公立医院。接诊医生是个女的，她让我躺在床上，把腿弯起来，看看头是否能碰到腿。我当然做不到。女医生二话不说，背上我，便去了病房。

以后的场景仿佛梦境，我趴在她瘦削的背上，穿过长长的走廊，两边的门里探出病人们的脑袋，有的在张望，有人在朝我们挥手。她背着我走进了走廊尽头的一间病房，里面放了两排六张床。她把我放在中间一张床上。我听见她对保姆说："阿婆，这个小孩不行了，赶紧把她父母叫来。"保姆带着哭腔说："我没文化，是她保姆，我不晓得她父母的电话号码。"医生转身问我："小朋友，你妈妈电话号码是多少？"我想了想，说："3-7-7-0-2-0。"走廊外面有一个手摇电话机，医生便走到那里去拨电话……那是我意识清醒时的最后一个镜头。之后，我什么都不知道了。

等我醒来时，隐约听见不知从哪里传来收音机的声音，播音员正用庄重的语调播讲新闻，床边站满了医生和护士，还有保姆和她的外孙。他们眼泪汪汪，感叹着我好可怜，皮包骨头，抽骨髓，连针都戳不进……我没看到母亲,也没有看到父亲。他们正在赶过来的路上。

那一刻,我既不难过,也不伤心,只是觉得好生奇怪,他们怎么都哭了?再仔细回忆,之前那段时间,我经历了一辈子都难以忘记的体验,那也许是一种濒临死亡的体验,它居然是愉悦和舒适的。我听见医生说:"如果晚送一个小时,这孩子就救不回来了。"大人们在唏嘘的时候,我却感觉到深深的茫然。他们说,我在昏迷时说了一句胡话:"墙壁,你过来呀。"大人们如释重负地嘲笑我,只有我自己明白我那句话是什么意思。我在失去意识以后,感觉通体轻松舒畅,腾云驾雾一般,到了一个空旷的看不到边际的地方,那里有一座很大很大的空房子。和空房子相比,我是那么渺小……我忽然很想跳橡皮筋,可是墙壁太远,我怎么都无法将橡皮筋拉过去,所以我便说:"墙壁,你过来呀。"……我没有告诉大人们我为什么说了这句胡话,而是沉浸在那梦幻一般美妙的感觉里。

很多年以后,我在三十多岁时才读到一本关于濒死体验的书,便不由得想起小时候的那段经历。我想,死亡其实是不可怕的,在走向死亡的过程中,眼前往往会出现美好的场景和人。仿佛是从睡梦里醒来,保姆救了我一条命。

我长大以后,每年都去看望保姆。每次去,她都会问:"琴琴,你说,是我好,还是你外婆好?"这时候,保姆的女儿就会说:"这是什么问题呀,别为难人家了!"我笑着不说话,心里想,你怎么能和我外婆比呢。外婆对我是无私的,保姆对我和我家是有所求的。但我还是经常想着她,想着她对我的好。

不过,我最终还是和保姆一家失去了联系。那时候,我已经去外地工作了。1994年我回家探亲,去以前的老房子看望她。兴冲冲地到了那里,却只看到一圈围墙,围墙下蹲着一个小皮匠。我问小皮匠:"这房子拆迁去哪里了?"小皮匠摇摇头,说:"不知道什么时候拆的,搬到哪里更不晓得了。"我的心倏地有点空落,忽然就感觉"根"没有了。

我想找的那些人,都找不到了……

我的童年是由保姆连缀起来的连贯的日常生活,妈妈给我的记忆却只是支离破碎的片段和闪回的镜头。

上小学时,我有一件淡粉色的全毛毛衣。那个年代,很多小朋友穿的都是纱线织的衣服,我能有一件真正的毛衣非常稀罕。那是我最喜欢的衣服。穿了一阵后,妈妈说,哎呀,这毛衣颜色太淡了,没穿两天就脏了。于是,她不征求我的意见,买来染粉,将它染成了又深又暗的绛红色。当我再看见那件陌生的毛衣时，失望地哭了。我想，长大后的我对美一直有一种补偿性的追求，那也许与小时候妈妈对我爱美的压抑有关。

还有一个镜头是我的十岁生日。那天，妈妈居然早早回了家，特意为我做了一顿生日饭。说是生日饭，其实也很简单，只有一个炒鸡毛菜、一只煮咸蛋。妈妈不会做饭，这对她来说，已经勉为其难。我不在乎吃什么，在乎妈妈陪伴了我。对于我，妈妈完成了一个仪式，那令我幸福和满足。

相比保姆和妈妈，老师们给我的爱并不少，然而想起他们，我的感情却是复杂的。

有一个小学老师，她姓邹，想起她，我涌上心头的却是内疚。在那个"特殊年代"，大家叫她"地主婆"，她的丈夫其实是个工人。邹老师肤色黝黑，桃子脸，胖胖的身材，戴着黑框眼镜，走路有些蹒跚。当时她也许只有四十多岁，但我感觉她已经六十多岁了。一年级时，邹老师在黑板上写了一个字，说："多、句，两个字拼起来，就是能够的'够'。"我举手说："老师你说反了，'够'应该是'句'和'多'拼起来。"邹老师点点头，说："黄美琴同学说得好，她爱动脑筋，学习就应该这样。"一个老师在一年级小学生面前愿意认错，我觉得很难得。被老师这么肯定，以后我学习的时候更加愿意思考了。

每天上学，邹老师都在路口接上住在附近的几个小朋友，然后一起去学校。有一天早晨，我们去参加宣传小分队的活动，在路口，又见到了邹老师。她见到我，摸摸我的肩膀，问："你穿这么点冷吗？"我说："不冷，谢谢老师。"老师不经意的一句话，却让我感觉很温暖。不久，"文革"开始了，学校里要揭发阶级敌人，邹老师是唯一出身不好的老师，就被揪了出来。有一天，正像往常一样上着课，她读完一篇课文后，我不记得她之前说了什么话，只记得她当时忽然没头没脑地说："向毛主席请罪，向毛主席请罪，我罪该万死！"

第二天，邹老师没有来学校。校长到我们班上宣布："你们邹老师昨天在上课时说了反动的话，她不能做你们老师了。"之后，每个小朋友都被找去谈话，让大家揭发邹老师平时的言行。我被最后一个找去。我一时想不出邹老师有什么反动的话，于是校长问我："那你对邹老师有没有印象深刻的事情？"我想了想，说，那天我们宣传小分队出去活动，邹老师关心我，问我冷不冷。校长听了，意味深长地笑笑。我没有料到，我的话成了邹老师的罪名之一——她问我冷不冷，叫我回去穿衣服，言下之意是反对我们小分队出去宣传毛泽东思想。就这样，我说的话，被写进了批判邹老师的大字报。我惊呆了。

我感到自己对不起邹老师，却没有机会解释和弥补。此后，接替邹老师的章老师总是冷冷地看我，在她眼里，我是一个阴险的小孩。我好想找到邹老师，向她解释，请罪。然而，从此，我再也没有见到邹老师。我后来去她家找过她，房子里空空的，不知道她去了哪里。以前，我读小说，常常读到有关失散分离的情节，我以为那只存在于小说中。没想到现实生活中真的有离散，我要找的那些人，往往都找不到了……

写在边上
我们的选择性记忆

我们往往只能记住对自己有利的或者愿意记住的信息，犹如大浪淘沙，无数的日子和片段无声地消逝在时间河流的深处。它们完全消失了吗？不，它们悄然埋藏在潜意识的罅缝里。也许忽然有一天，沉渣泛起，不经意地触动我们已然平静的心湖。

心理学家曾经如此揭示人类选择性记忆的规律。他们认为，如果别人同时告诉你两件事，而你只记住了一件，那么你记住的这件事可能具有下面这些特征：这件事对你比较有用，或者比较简单，或者比较新奇和形象；又或者，这件事被重复了好几次；当然更可能，这件事比较符合你的观点和想法。

然而，这仅仅关乎记忆的规律，他们忽略了至关重要的一点：留存在我们记忆里的事件，一定是人的情感和心灵经过化学反应后的产物。相比较心理学家所列举的那些客观因素，我反而觉得，情感记忆对于一个人的成长有着更加显著的作用。

因为有渴望，才有失望；有寻求慰藉的需要，才会感到孤单无助；有向善的愿景，才会有内疚和追悔……那些日常中看似平淡的吉光片羽，只因掀起过你的情感波澜，才具有了不一样的意义。正如有了苦难的映衬，幸福才具有了珍贵的价值；正因有了失去与遗憾，我们才会花一生去寻求和弥补。然而，往往，我们穷尽一生都无法彻底填补那块生命初始的空缺。而生活，大概正因有了这样的无可挽回，才变得更加有质感与厚度了吧？

倘若，人生是弥补遗憾和寻找结果的过程，每个人都走得磕磕绊绊。幸好，还有那些明明暗暗的星辰照耀我们的去路——它们在记忆的暗夜里闪光，无论它们冰寒还是炽热，它们都是唤醒我们的希望。

如果生命沉重不堪，那就在灿烂轻盈中展现吧

受 访 者 | 陈曦阳
职　　业 | 技术员
出生年份 | 1958 年

那个四合院，仿佛一座城池

四岁的我坐在爸爸的自行车前杠上，一路向西。冷风吹得我睁不开眼，只觉得脸颊微微刺痛，耳畔风声飒飒。我从没见过眼前这样的景象，茫茫黄土，绵延无尽头，西边的天空被落日映得通红，金色的圆盘正一点一点跌入地平线……

近了！下了一个缓坡，终于看到一座方城，四座高高的岗楼矗立在远处，映衬着残阳如血的天。这便是爸爸工作的地方——位于甘肃兰州八里窑的监狱医院。爸爸的自行车像船，乘风破浪，呼啸而过，倏地，钻进了"城门"。我咯咯地笑起来。穿过过街楼，就是监狱医院的院子，长条形的四合院构造，青砖土坯，方砖平铺的屋顶，正对大门的，便是西药房，旁边是中药房、爸爸的宿舍，再边上是化验室，门卫室旁紧邻着厨房。

那一天的天色、风声以及院子的模样，一直清晰地烙刻在我的记忆里，至今没有褪色。那座四合院，在四岁的我眼里，宏阔得仿佛一座城池。

爸爸把我领进他的宿舍，小小的一间，陈设简单，一床一柜一桌。空气里弥漫着一股淡淡的中药味，辛凉中带着一点点的清甜。爸爸把我领到床边，说是床，其实是一块门板，上面铺了褥子。爸爸把我抱到床沿上坐下，我顺势一撑，右手不小心触到一个又凉又硬的东西，回头一看，竟是一只死人的骷髅头！年幼的我虽不知那东西究竟为何物，但也本能地感到害怕。见我将哭未哭，爸爸拍了一下自己的脑袋，摇摇头，将那骷髅头塞到床底下去了。

天光正从窗户里一点一点暗下去，我吃惊地发现，这里的窗户比上海家里的宽大得多，几乎占了整面墙。上海家里的窗户又小又高，以我的个子，总是看不见外面的景色。可是这里的窗户不同，我站在那里，可以清楚地看见外面的风景，我从来没有看得这么远。

那是1962年的初夏。我将在这里和爸爸共度半年，那也是我们父子俩一生中唯一共处的半年。可是这短暂的半年，对于我的意义却长得如同一生。

那是我和爸爸一生中唯一的共处时光

20世纪50年代,年仅十八岁的爸爸从上海卫校药剂专业毕业,响应国家号召,去了大西北,被分配在某设计院做队医。年轻的他青春叛逆,调皮捣蛋,火气大,喜欢直言,一不小心,因言获罪,被送去了劳动教养。我妈妈师范毕业后也从上海去了大西北,在兰州的一个小学做老师。他俩怎么认识的我不知道,只知道他们是在兰州结的婚。家里有一个小矮凳,上面写着某某送的结婚礼物,那大约是在1957年。婚后不久,爸爸就被关进了监狱。妈妈回上海生下了我,从此再也没有回兰州。之后,爸爸劳教刑满,留在监狱药房里当了药剂师。

我四岁时,爸爸说想我了,托同事把我从上海带去身边。他看到我第一句话就是:"和我一个模子里刻出来的!"顺手撸了一下我的后脑勺。

爸爸看到我,很兴奋。第二天一早醒来,他带我去中药房管理员老王那里吃早饭。老王的屋子和爸爸不同,进门处多出一个土灶,里面才是老王睡觉的地方。见了我,老王取出一个钵斗,舀了一勺蜂蜜搁在粗瓷碗里,又拿出一只冒白气的白馒头,掰了一小块,在蜂蜜里蘸一下,塞到我嘴里。我从没吃过这么好吃的白馒头!

旁边的化验室里，住着一个年轻人，我叫他化验室叔叔。印象最深的是，有一天，他在洗衣服，手被搓板上的木刺扎了一下，流了血。于是，他干脆不洗了，对正在一边玩耍的我说："走，带你出去转转！"我后来知道，他那天刚和女朋友吵了架，心情不好。

化验室叔叔背着一台手风琴，牵着我的手出了四合院的门，上了坡。满目荒凉，路边沟渠横亘，长长的绵延不绝的毛竹做的渡槽，把山上的水引过来。他指着沟渠的另一边，说："我们去对面，那里好玩。"

我望了一眼深深的沟渠，犹豫着："太远了！"

他摇摇头，牵紧了我的手。

我跟着他走了。走了很久，黄土的颜色渐渐退去，眼前出现了大片不可思议的鲜嫩欲滴的苍绿。很多年后，我凭着记忆在《中国名胜词典》上查到了那个地方。那个地方也许叫作盐锅峡，是一座以发电为主，兼顾灌溉的大型水力发电站。我记忆里的峡谷，两边绿树参天，谷底白水哗哗奔流，峡谷中间架设着简易长廊，还蹲卧着三两尊菩萨。水从高处下来，飞溅在菩萨身上，喷洒到我的脸上身上……实验室叔叔微笑着卸下肩上的手风琴，边走边拉。我在后面看着他拉琴的背影，心里涌起做梦的感觉。他随着音乐的节奏而耸动的肩膀和舒展的两臂，多像一只在空中拍动翅膀的大鸟!

我拿出爸爸给我的零食来吃——从一只脸盆大的葵花盘里剥下的葵花子。爸爸每天从屋顶上拿下来,剥下一把装在我的口袋里,然后,又将葵花盘扔回屋顶。第二天,照旧拿下来给我继续吃。

我还记得四合院门口的山坡。

那黄土坡上有一株茂盛的孤独的花红树,夏天,树上结满了果子。有一天刮大风,果子掉了一地,很多人去捡拾。我也从人缝里挤进去,两个大人嫌弃地推推我,说:"小孩子,别凑热闹,叔叔帮你捡。"说着,就往我怀里塞了几个。我一看,是被人用脚踩过的烂果子。我捧着烂果子趴在坡上,看那些大人热火朝天地捡着果子往帽子里放,心里气鼓鼓的。

还有一次,爸爸带我进兰州城。我俩一大早起了床,坐上低栏板的卡车,爸爸说:"风大,蹲下来。"我乖乖地蹲下,视线刚好与汽车栏板平行。进了兰州市区,我发现这里远不及上海热闹。我们去了五泉山公园,半路经过一个里面矗立着四大金刚的大殿。我惧怕狰狞的金刚,不敢走。以后每次去,我都哭得要死要活,非得两个大人把我提溜着绕过去才行。我们还去逛商店,走进去,里面有一个很大很高的玻璃柜台,柜台上堆着一堆鞋子。爸爸在里面挑了一双给我，帆布面，橡胶底。可我穿不下，就用鞋拔，好不容易穿进去了，第二个脚指头却不得不顶在那里。我说："小。"可爸爸还是买了。那里只有这一双小鞋子。我穿着小鞋子回家，心里又高兴，又不高兴，就好像蜜糖里面掺了一粒盐。可惜，那双新鞋子没穿多久，我的小脚就再也塞不进去了。

和爸爸共处的半年，疏阔、悠长、单调却又丰富。它们是一个又一个断续的片段，闪回在我的记忆里。幼年的日子我多半过得模模糊糊，只有这段记忆特别深刻和真切。大概是老天眷顾我，因为那是我和爸爸一生中唯一的短暂的共处时光。

我深刻地明白了一个事实：我和别人不同

三年后，我听到了爸爸去世的消息。

那天傍晚，我正在外面玩。像风一样从弄堂里跑出来，经过成都路北京路口，冲上马路牙子，路过一爿叫作"万德昌"的烟纸店。老板娘"咿呀"叫了一声，从里面冲出来，张开双臂拦住我，操着一口北方话，说："甭疯了，快回去，你爸爸死了！"

我掉过头反骂她："你爸才死了呢！"

小时候，谁家双亲不全，是个软肋。人家说你家双亲不全，马上蒙掉。我气呼呼地回到家，见了妈妈就问："我爸爸死了吗？"妈妈不作声，不由分说把我领到三层阁。她一屁股坐在床沿上，号啕大哭。我这才确认，我爸爸真的死了。那一刻，我有一种电击全身的感觉，好像有万千只蚂蚁爬过，忽而，又被掏空了一般，出了一身冷汗。

就是在那天，妈妈接到了爸爸去世的电报。

他是吃安眠药自杀的。我爸爸的死，妈妈也许有责任。早前，两人的感情有了裂缝。妈妈在上海没有正式工作，做代课老师，收入不稳定，爸爸也没有钱寄回。一个男人不能养家，妈妈怨言很多，两人通信话语间时有不愉快。当然，这只是我事后的猜想，爸爸自杀的具体原因我不知道。而最主要的原因，他犯了"严重错误"。他有胃病，私自挪用了药房里的阿托品。药房盘点时发现药少了，查出是被我爸爸用了。他被扣上了贪污的罪名。后来，当我长大成人，曾无数次设身处地地想象我爸爸当时的心境：要让一个男人走上自杀的绝路，谈何容易？在单位里名誉扫地，在家尽不到责任，得不到理解和支持，他定是处处碰壁，万念俱灰，才选择了彻底的放弃。

爸爸就连死也不得其所，属于"畏罪自杀"，同事们把他悄悄安葬了。至于葬在哪里，我妈妈和我都不知道，也没有去寻找过。妈妈说:"不要再去兰州,也不要把骨灰拿回来。"此后,我和妈妈真的再也没有去过兰州。我弟弟去过,但没有找到爸爸的墓地,我也不知道那所监狱还在不在那个叫作八里窑的地方。

爸爸没有了,我很难说清自己的感觉。对于我,他是一个遥远的存在,是一些动作和表情:他给我拍照,他让我自己玩,他从木头蒸笼里面拿了一只三角糖包递给我吃……我说不出他是一个什么样的人,甚至谈不上喜欢或者不喜欢。只记得,在那半年时间里,爸爸没有骂过我,多半和颜悦色,只有一次,他对我厉声说了话。那次,我得了眼疾,早晨起来,眼睛被眼屎糊住了,睁不开。爸爸用热水给我洗脸,一边洗,一边说:"哭!哭什么哭!"洗了脸,热水将眼屎溶化了,我睁开了眼,就不哭了。

然而,从烟纸店老板娘跟我说了那句话开始,在我心里,"爸爸"这两个字变成了一块巨大的重重的石头。我觉得我的童年变了,之前无忧无虑,之后却深刻地明白了一个事实:我没有爸爸了,我和别人不同了。

我时常想起留下美好印象的临时继父

之后不久,妈妈带着我,抱着弟弟,去外滩市政府后门讨要工作。不知道去了多少次,在那里一坐就是一整天,没有人理睬我们。再后来,我妹妹出生了。妹妹是遗腹子,爸爸去世时,她就在我妈妈肚子里了。

家里有了三个小孩。之前,我懵懵懂懂,但从那时起,我知道什么叫作"过日子"了。我们和外公住在一起,我听见外公对妈妈说:"你们不用买菜,菜吃我的,米你们自己买。"

在我上小学前,我妈妈改嫁了。她没有工作,没有任何经济来源,必须找个依靠。她嫁的是个浙江湖州乡下的农民,一个手艺很好的木匠。我去乡下参加了他们的婚礼。婚宴上有很多好吃的菜,印象最深的就是炒猪肝。之后,妈妈带着我在上海单住,继父把弟弟和妹妹带去了浙江湖州乡下抚养。名义上,是把弟弟妹妹过继给了继父,这样,他们在乡下可以吃到口粮,也就减轻了妈妈的负担。

一年级上半学期结束,我拿到了学生手册,上面语数外的分数是"良优良"。妈妈拿着我的学生手册,带我去了通北路一个老头家,那老头是我继父的继父。老头看了一眼学生手册,摸摸我的头,说:"蛮好。我出钱,你去乡下过暑假,和你弟弟妹妹团聚。"

那个暑假在回忆里很美好。我独自一人从十六铺码头坐船到了湖州升山，再坐上一条带篷的小船，花了一整天才到达那个叫作西山小队的地方。继父带着弟弟和妹妹来迎我。他是个英俊、魁梧的男人，方脸，宽肩，力大而壮实。收粮时，我见他挑了两大箩筐谷子，走得平平稳稳，佩服得不得了。太阳将要落山时，谷子堆成了一座座小山。收好了谷物，盖印员拿来"印把子"——石灰印，将每个谷堆上都盖上了印。谷场上，属继父挑的谷子最多。

一眨眼，弟弟妹妹到了上小学的年龄，我妈妈把弟弟妹妹从乡下领了出来，不久，就和那个男人离了婚。从此以后，我妈妈再也没有改嫁过。我成年以后，还时常想起那位留给我美好印象的临时继父，一直想去找他，可惜找不到了。问我妈妈地址，她也不告诉我。

离婚后，妈妈去了生产组工作，一个月不到二十块钱工资，家里三个小孩每人可以拿到九元钱民政补助。里弄小组长时常要来查看我们的生活，饭菜若吃得好，救济金就会被取消。我小时候最深刻的印象，是为生计发愁。当年妈妈嫁给继父，也是为了生计。我虽不过十岁，但也开始学着帮妈妈盘算起了生计的事。我成了一个有心事的人，时常会想到以后怎么办。我盼望着长大，长到能赚钱的年纪。

外公·三毛·阿司匹林

在我的成长期，外公是家里唯一的男人，我受他的影响最大。外公这个人，品德好，胸襟大，待人处事不卑不亢。他开着一爿叫作"德泰昌"的杂货店，借以维持生计。我小时候常帮外公看店。外公有痔疮，每天早晨必坐马桶大解，大解时腿上必放一个装钞票的抽屉。四五岁的我则坐在柜台后面的高脚凳上，招呼来买东西的人。来的都是邻居熟人，对面浦东人家囡囡的阿娘，总是来买两包飞马牌香烟，外加一盒自来火。飞马牌香烟两毛八分一包，自来火两分一盒，加起来五毛八。她给我六毛钱，外公坐在马桶上用宁波话问我："找多少？"我说："找两分。"我的算术就是这么练出来的。

外公还常让我出门换单票。店里没零钱了，外公给我整张的十块钱，折好，捏在手心里。"捏好！"外公说。我一脸严肃地点点头，转身出了店门，一溜小跑。路口是"新长发"栗子店，穿过马路就是人民银行。银行的柜台很高，我举起手里的钱，朝着里面的工作人员喊："换单票！"里面的人就笑嘻嘻地把单票换好，卷好，塞到我手心，说："捏好！"出了银行的门我立马就奔，奔到家，妥妥帖帖地交给外公。

如果生命沉重不堪，那就在灿烂轻盈中展现吧

外公是信佛的，家里供了一个很大的地藏王菩萨。"文革"破四旧，他打电话给龙华寺，说要把家里的地藏王菩萨寄放到寺庙里，免得被人砸碎。寺庙里说，送来可以的，但以后不能拿回去。外公说好的，就和舅舅两个人一起把地藏王菩萨送去了。送去那天，他们用白被单把菩萨包好，放在门口。我早上起来，被眼前的东西吓了一大跳——那菩萨足有一个人的坐高，蒙着块白布，着实瘆人。外公的地藏王菩萨至今供在龙华寺。时隔很多年，我偶然去龙华寺玩，认出了那尊地藏王菩萨，木胎鎏金的，和我家的一模一样。我当时想，等以后，带外公去看看那尊菩萨。可后来，当我准备带外公去时，他已经衰老得不能坐车了。这成了我的终生遗憾。

外公私底下有些钱，但他没有接济妈妈。我没有问过个中缘由，也不想探究。我工作后，有一次回上海探亲，在灶间里洗着脚，坐在旁边的外公对我说："你妈妈问我借了三十块钱，给你弟弟妹妹买衣服，到现在不肯还。"我说："没关系，我还。"外公去世那一年，我刚谈恋爱，带了女朋友回家，给外公看。他笑着说："好！好！"我和女朋友待在阁楼上，他"的笃的笃"爬着小扶梯上来，手里捏了二十元钱。他只爬了一半，探出半个身子，伸手把钱放在楼板上，说："阳阳，这是给你的彩礼，以后你结婚，我也不知道在不在呢。"

就在那一年，外公去世了。现在回想起来，尽管我的童年如今看来很艰难，但我自己却没有什么遗憾，这是我的命运。唯一遗憾的就是没有机会好好地回报外公。

有意思的是，旁人看我的童年灰白坎坷，照我当时小孩子的心情看来，却是五色斑斓、充满生趣的。哪怕对于"文革"的记忆，也充满了游戏色彩。

1966年，"文革"开始了。三年级开学，到了学校，老师说："回去吧，停课闹革命了。"然后我们就回去了。整日无所事事，在外闲逛。时常就见马路边上忽然拥了一堆人，中间有个人在激动地演说，然后散发油印传单。我也挤进去抢传单，抢到了，却看不懂，但还是小心折好，藏在屁股后面的口袋里，时不时拿出来在小伙伴面前炫耀，比谁藏的传单多。还有就是"破四旧"，跟在大人的屁股后面，到处都有热闹看。我家对面的683号，家里的老太太藏着一口寿材。"破四旧"的来了，将那棺材板从楼上扔下来，点火烧了。老太太的寿材烧了，却没有影响她的寿数，她后来又活了很久很久，直到我工作后回去，她还活着。

老太太家从前开染坊，家里有很多孩子，大毛二毛三毛四毛。我印象最深的是三毛，他反应总比旁人慢一拍，但人很规矩，待人诚恳。他自己年纪蛮大了，还管我妈妈叫姐。我小时候，经常见他"学雷锋"，戴条红领巾，走街串巷，对人笑脸相迎。三毛手很巧，用硬纸板做小汽车，贴上蜡光纸，送给我玩。他送我好几辆"车"，消防车、吊车、卡车。他只上过一年学，读不上去了。他跟我说："我小毛头的时候，我爸爸抱我，甩啊甩，用力太大，不小心把我摔在地上，脑袋磕坏了，害我变傻瓜了。"后来，我工作了，三毛还没工作。好些年后，我回去探亲，三毛来我家，对我妈妈说："阿芳姐，我上班了，在服务站扎拖把。以后你们家的拖把我来扎哦。"我妈妈逗他说："上班了，你有钱了，请客吃饭。"他摇摇头，说："钱我都给阿姆了，没有钱请客的。"

还有一个叫"阿司匹林"的。他是大学生，失恋受了刺激，便退了学。阿司匹林戴眼镜，冬天穿着邋遢的蓝色列宁装，拖着破皮鞋，手拿一只搪瓷茶缸，在成都路北京路口闲逛。他的茶缸里时常装着从水果店果皮篮里捡来的苹果皮，他抓一条放在嘴里有滋有味地嚼。小孩子欺负他，远远地喊："阿司匹林！"紧撵在他身后，拍他一下，逃走。我有时也跟在那些使坏的队伍里。

在家里，我算不得一个好哥哥。早上让弟弟扫地，没扫干净，上去一个"毛栗子"。不过弟弟还是依赖我，

在外面给人打了,回来告状,我问谁打的,若是觉得打得过,就很神气地一挥手,走!若是打不过,我就不作声。不过,欺负我弟弟的,我一般都打得过,年龄肯定比我小得多。

像所有的男孩子一样,我也调皮捣蛋。我家楼下隔壁是菜场,门口有个鱼摊,天热,苍蝇特别多。有一个中学生,他爸爸是菜场的职工,住在菜场阁楼上,他教我"吃苍蝇"。他说:"我吃给你看啊。"我见他快速地把苍蝇往嘴里放,目瞪口呆。可我后来发现,他是虚晃一枪,身后扔了一堆死苍蝇。于是,我学了这一招去骗人。有个比我小一岁的邻居男孩叫张亮,我在他面前表演吃苍蝇,他也学我的样子吃。晚上,他妈妈来找我妈妈告状:"你家囡囡教我家张亮吃苍蝇,他吃了拉肚子,进医院了。"我妈妈气得打了我一顿,可后来却说:"张亮这孩子这么傻,怎么还真的吃下去了!"20世纪60年代到70年代,是我童年和少年的黄金时代。正是这些零零碎碎、平淡而有生趣的画面,构成了我那没心没肺、时而阴雨时而艳阳的成长年月。

妈妈不如意，她没有能力照顾我们

我小时候最不喜欢待的地方，就是自己的家。妈妈的人生不如意，生活压力大，使得她没有心情，也没有能力给予我们三个孩子足够的关爱和保障。我总盼着妈妈去上班，她不在家，我才觉得松弛；她在家，总是板着脸，让我感到压抑。但我无法选择，只有逃避，幼年时跑去马路上疯玩，上了中学后，吃完饭，就去同学家。弟弟说，我们的吃亏在于没有爸爸，家里没有一个有能力的男人点拨和指导我们。是的，我和弟弟都没有一个有力量的男人作榜样。妈妈对我们的疏于关心，我当初不能原谅，甚至怨恨她。初中毕业选择去外地工作，也是为了摆脱这个家。过了很多年，当我自己也做了父亲，我才谅解了妈妈。我想她内心是爱我们的。

我离家去外地那天，是1976年5月24日。早晨六点多的火车，我四点多就起床了，吃惊地看见妈妈已经摆了一桌子菜，都是她前一天从益民食品四厂食堂里买来的熟菜。她说："今天是你的生日，以后，没人帮你过，你要自己过了。"我夹了一块炸猪排，放到嘴里，泪水在眼眶里打转。我要走了，弟弟和妹妹都还睡着。妈妈把妹妹叫醒，说："哥哥要出门了，和他说再见。"妹妹睡眼惺忪地说了声"哥哥再见",又躺下睡了。那天,外公和我最好的朋友一起送我去火车站。外公很开心,我工作了,能为家里减轻负担了,他看到希望了。

那一年我十八岁,中学刚刚毕业。我从来没有出过门,火车缓缓驶离了上海北站,我对自己说:"以后一个人了,一切都要靠自己了。"

写在边上
当我们无法挑拣自己的命运

陈曦阳童年时所处的荒唐年代,也许不复再来。正因荒唐,很多人的命运无法掌握在自己手中,会有种种意想不到,更有不可理喻的绝境。在那个年代,年轻气盛的父亲会因说错话而失去自由,亦会上演妻离子散的人间悲剧。

陈曦阳讲述自己的故事时,说得最多的两个字是:命运。他用宿命来说服自己与人生和解。

在与父亲短暂相处半年之后,他再也没有提过"去看爸爸"。因为他很小就知道,再见爸爸"不现实"。在家里,关于爸爸的话题亦成为妈妈和三兄妹的禁区。回避,意味着无法面对，也意味着自我保护——微小的人力在无法改变的残忍现实面前，犹如小动物面对力量悬殊的猛兽，"逃脱"要比"对峙"明智得多。

但妈妈从没有说过爸爸的坏话，即便他"畏罪自杀"，也没有影响他在孩子心目中的高大。陈曦阳同样以"因果说"为爸爸的命运多舛寻求解释："我爷爷是民国时期法院的书记员，接受了贿赂，用小皮箱装回家分黄金。他做了坏事，我们失去爸爸，是报应。"爸爸去世后，爷爷家没有关心过他们。"我只见过爷爷一次。他和阿娘（奶奶）离婚了，住在南昌路小平房里，摆了个小摊，见到我，给我吃了一只炒米花糖球。""我爸爸去世后，孃孃（姑妈）经常来店堂门口看看我，看看，就走了。我看见了，告诉我妈妈，妈妈就说：'来做啥呢？他们没有能力帮我们。'"爷爷家在那个特殊年代也遭受了冲击。

陈曦阳自嘲说："和普通孩子相比，我的童年比较'精彩'。"他的语调始终平和，脸上含着笑意，"命运摊上了你，无可逃脱，你不能挑拣你的命运。所以后来我研究《易经》，消除心里的怨气。小时候怨过命运，现在觉得没啥了。可是我妈妈到现在还有怨气，她没有觉悟。"

年过半百的陈曦阳，看上去仍像一个阳光大男孩。他走过了灰暗斑驳的童年期，在人生中途选择转过身，采取主动的姿态,与过往和解。无论他选择的是何种方式,都不失为一种美好的结果。

而我在想,成长和人生都是迷途,必有一归。人永远都无法知道自己将要面对什么,因为人只能活一次,一切都是马上经历,仅此一次,不能准备。而在经历了之后,再不需要回过头去抱怨身后的种种不堪,只要听着远方的呼唤,向前走。

米兰·昆德拉说:"如果永恒轮回是最沉重的负担,那么我们的生活,在这一背景下,却可在其整个的灿烂轻盈之中得以展现。"

谈话终结时,陈曦阳也在逆光的沙发那边笑容灿烂地说道:"我对现在的自己很满意,尽管曾经失去机会,但我尽了最大的努力。"

我吓坏了,不知道妈妈要把我拖去哪里

受 访 者 | 申秀娟
职　　业 | 技术工人
出生年份 | 1962 年

"妈妈,鞋子要掉了!要掉了!"

我四岁那年,爸爸在游泳时溺水死了。我对他唯一的记忆是,我站在阁楼的床上,他给我穿衣服,脸上笑嘻嘻。

爸爸几乎没有留下照片。直到二十三岁那年,哥哥拿出一张珍藏了很久的照片给我看,上面是躺在灵柩里的爸爸。那个躺在灵柩里的失去了生命的人,看起来是如此陌生。

爸爸去世是在 1966 年夏天,可是,对我来说,铭刻在那年夏天的记忆里的,并不是爸爸的去世,而是另一幕景象——小小的我被妈妈拖拽着,在蛋格路上疾走。妈妈大踏步走得飞快,几乎是在奔跑了。我穿了拖鞋,跟不上妈妈的步子,嘴里喊着:"妈妈,鞋子要掉了!要掉了!"但是妈妈像是没有听见,只顾往前冲,她的脸因生气而涨

得通红，她越走越快，我的双脚几乎要悬空了……我依稀明白刚才发生了什么，妈妈和爷爷吵了一架，他们提到了我的名字，还一再地说到了"钱"。吵着吵着，妈妈忽地站起来，一把拽过我的手就往外走。我吓坏了，不知道妈妈要把我拖去哪里。

妈妈是街坊四邻出名的美人儿，凹凸有致的身材，光洁的额头，凤眼，微微上翘的嘴角。她每周去浴池洗澡，洗完头再去理发店吹头发，总是把自己收拾得干干净净、得体优雅。可我在心里微微地惧怕她，因为她很少对我笑。她像一阵风，快速地走路，干脆利落地说话。我爸爸比妈妈大八岁。他对妈妈一见钟情，结婚后，妈妈被我爸爸宠坏了，从不做家务，也可以在家里任性地发脾气。

回忆起童年，我最深刻的体验就是——恐惧。

爸爸去世不久，奶奶就中风了，妈妈要上班，爷爷不仅要照顾瘫痪在床的奶奶，还要看护我和哥哥，顾及不暇，颇多怨言。常常是，妈妈和爷爷一闹矛盾，就冲动地把我拎了跑。我好像不是一个有生命的小孩，而是一只可以被随意带来带去的拎包。她通常还没和人家落实好，就把我扔到一个全然陌生的地方——那些人家，多半是妈妈的同事。

四年里，我先后寄住过三户人家。

第一户人家没有小孩,家里只有我一个孩子,我总觉得大人和小孩是完全不同的两种动物。我像一只受惊的小猫,总是躲得人家远远的,问我话也不作声,就连想上厕所,也不敢吭声。这样的性格,当然不讨人喜欢。

第二户人家,家里有五六个小孩,我总算有了"同类"。女主人看上去很和善,他们夫妻两个会当着孩子的面秀恩爱,女的换衣服,男的就跟过去看。我和他们的小孩窝在一起,晚上就睡在一块木板上。

第三户人家住在火车站附近,女主人年纪很大,她的孩子已经是个大人了,平时不在家。若是那孩子回家来,好不容易混熟的我又害怕了,怯生生地缩到角落里去。

小时候的我,时时刻刻感到害怕,怕跟大人说要上厕所,怕出门,连吃饭都害怕,不敢伸筷子搛菜,不敢多吃一口饭。那时候的我瘦得像根麻秆,随时都会被风吹倒。

被寄养的经历让本就内向的我变成了一个敏感的、弱不禁风的小孩。我担心着自己不乖被大人嫌弃,担心着随时会被妈妈送到另一个陌生的地方去。

妈妈很少来看我,爸爸去世一年后,她就再婚了,搬离了爷爷的家。不久,妈妈又生了一个妹妹,她总是很忙,腾不出时间来看我。爷爷倒是经常会来,他挂着拐杖，走得很慢。来了，坐一会儿，看看我，也不多说话，就走了。爷爷一直把哥哥带在身边，哥哥是男孩子呀。

一不小心，刀尖挑在了右眼上

爸爸去世以后，还发生了一件影响我一生的事。

我虽被寄养在别人家，偶尔，爷爷也会把我接回去。到了家，我就成了哥哥的小跟班，哥哥到哪儿，我到哪儿；哥哥玩什么，我也玩什么。哥哥会剪纸，还会做针线活。有一天，哥哥说："我们给娃娃做件衣服吧。"用什么做呢？哥哥找出一只旧袜子，说，先把袜筒剪下来，可以给娃娃做裤子。我笨手笨脚地拿把剪刀，剪刀很钝，我的手又小，用力不稳，一不小心，刀尖就挑在右眼上。我"哇"地叫了一声，捂住眼睛。哥哥吓坏了。上前看看，没有出血，稍微放了点心。我的右眼角膜受了伤，但我不懂，只觉得眼睛里有异物，就整天用手去捻，眼睛被捻得通红，我也没告诉大人。过了几天，妈妈回来看我和哥哥，见我的右眼红得像兔眼，领我去五官科医院看病，但已经来不及了。还没上小学，我的右眼就失去了光感。

我上二年级那年，在奶奶去世一年后，爷爷也走了。妈妈这才把我领回了家。

当时,继父去了内地支援建设,我、哥哥还有妈妈三个人住在爷爷的家里。妈妈白天上班,妹妹还在上托儿所。我和哥哥每天接送妹妹,放学回家,还得洗菜、生炉子、做饭、拖地板,夏天的时候,要给妹妹洗澡,木澡盆很重,需要我和哥哥两个人一起才抬得动。

在弄堂里,我们是特殊的一家,改嫁的妈妈、没有爸爸的哥哥和我、同母异父的妹妹。邻居们用异样的目光打量我们,他们更愿意旁观我们的生活,走过路过,投过好奇的一瞥,又走了。正因为和别人不同,一些小孩会欺负和讥笑我们,他们骂我"独眼龙",生炉子的时候,调皮的男孩故意踢翻我们的簸箕,扬起漫天煤灰,我哥哥就跑过去追打他们,但常常追不到。女孩们也看不起我,不和我玩。我和哥哥是同别人不一样的孩子。

只有一位阿婆真正地关心过我们。我们叫她楼上阿婆,因为她就住在我家楼上。放学回来,我和哥哥都顾不得写作业,第一件事是生炉子、择菜、做饭。楼上阿婆看我们手忙脚乱,就过来帮忙。生不了炉子,阿婆用火钳夹了自家的蜂窝煤来帮我们生;毛豆剥不开,阿婆来剥;晚饭做得一团糟,阿婆来做。阿婆每每烧了好吃的,就送来给我们吃。阿婆烧的菜粥很特别,里面会放很多好吃的东西,扁豆干、花生米、芋艿、蚕豆……阿婆包的荠菜馄饨也好看,一个个白胖胖,元宝一样地躺在竹匾里。

而我们的家,乱得像个狗窝。妈妈一回家就心情烦躁地骂,我和哥哥常常躲出去。哥哥去找男孩们玩,我去我的好朋友家。我的好朋友是我的同桌,我俩的个子一般高,性格也互补。我内向害羞,她外向干练。好朋友家住在长生街,和我家相隔一条窄马路。她妈妈是小学老师,说话和颜悦色的。他们家有两间房,楼下一大间,楼上还有个亭子间,那是她和姐姐睡觉的地方。她姐姐若是不在,我们就爬到她的床上去玩。

这个好朋友是我成长中最温暖的色彩,小学六年,我们形影不离。上中学后,不在一个学校了,仍旧在一起玩,直到各自工作。后来,她去了比利时,我们的友谊一直保持到现在。我还特别感念她的妈妈,她总是那么耐心,总是笑嘻嘻,好像从没有训斥小孩的时候。过年做新衣服,她特意做了两件格子呢外套,一件给她女儿,一件给我。我的好朋友和她的妈妈,真的是我童年最暖的亮色了。

如果爸爸还活着,也许我会变成蛮不讲理的公主

我小时候最怕过年,因为过年时,继父要回来了。

继父回来，就睡在阁楼上。那是我和哥哥最痛苦别扭的时光。想想那地方原来是我们自己的爸爸和妈妈一起住的，现在住在那里的，却是继父、妈妈和妹妹，我和哥哥只能住楼下。我们感到自己的东西被别人剥夺了，心里说不出的压抑。若是继父不在，我和哥哥就像放飞的鸟，爬到楼上，趴在老虎窗口看风景，看看屋顶走过的猫和鸟，看看远处的汽车和穿梭的行人。继父一回来，我们只能憋在楼下一动不动，好像被关在笼子里。

可是，尽管如此，回想起自己的童年，还是亮色多过阴影。我虽然内向，但也很随和，与同学们相处融洽。还有那些在记忆里一闪一闪的片段——楼上阿婆一家是邻居里边经济条件相对比较好的，因为他们一家三口都有工作，拿工资。她家的女儿去了外地工作，春节回来探亲时，叫我和哥哥过去玩。他们家拾掇得干干净净，阿公坐在红木桌边听收音机，邻居姐姐在织毛衣，见我和哥哥进来，她放下活计，把两只手背在后面。"猜猜我手里是什么？"邻居姐姐灿烂地笑着，她的笑容比冬天的太阳还要温暖，"当然是好吃的！"姐姐摊开了两只手，果然是玻璃纸包的糖！满满的糖果，我的两只小手都装不下……

我的记忆里经常闪回着这样美好的片段，楼上阿婆、阿婆的女儿，我的好朋友、她的妈妈，还有喜欢逗我笑的中学物理老师……

我还想念少女时在路灯下看书的片段,家里要省电,我就去路灯下捧一本书读。我看书的速度总是很快,我看书不为别人,只因为书能让我愉悦,忘记生活中的不快。我最喜欢维克多·雨果的《九三年》,开头那段关于大革命的描写曾经让我热血沸腾。我也喜欢他的《巴黎圣母院》,还有大仲马、小仲马、卡夫卡、乔治·桑……读书多了,经历的事情多了,我不再记恨妈妈,她也许不是一个称职的妈妈,但她有她值得同情的地方。

人生总是有得有失。有时候,会遗憾自己没有像哥哥一样考上大学,但后来想,即便上了大学又怎样呢?我现在是个技术工人,有自己的专业,三百六十行,行行出状元。一个人只要专注于眼前的生活,尽力发挥自己的能量,就很完美。

我还想,如果我的爸爸还活着,我是一个和别人一样有父母双亲疼爱的小孩,也许我会变成一个骄傲霸道、蛮不讲理的公主。成年后我有时会看到自己个性里隐藏的那一面。但幸好,生活给了我机会,让我成了现在这样更好的自己——坚韧、隐忍、积极而有尊严地去面对无法预设的人生。

写在边上
黑夜从来都不是黑的

我时常会在深夜里醒来,透过密闭的窗帘,总能依稀看到外面有薄光透进。光,永远比黑有穿透力,即便在黑夜笼罩一切的时候,即便光再微弱,都能在一片漆黑里投下它的影子,白白的,仿佛羽毛,轻柔而又安妥地覆盖于黑之上。

我也爱凝望夜空。城市的夜空被高耸的建筑切割成一小块一小块,仿佛破碎的棋盘。相比白天,夜空的色彩更加丰富,有淡黑、灰黑,也有黑红和黑蓝,昏黄和黛青,以及金属的闪亮。遥远的星辰点缀于夜幕之上,月影在云层后面缓慢移动……夜空是一块巨大的魔术布,你无法预料,转瞬间,它又会给你变出什么花样。

没有纯黑的夜空,正如同这世界上不存在真正绝望的生活,哪怕黑暗压顶,也一定有细微的暖流和光亮在深处潜行。它们悄无声息,却在瞬间出现时,美得如同划过天际的闪电。

申秀娟的幼年似乎是黑暗的,小小的心被惊恐、不安、自卑、孤单所充斥,可成年后的她评价那段日子,却出人意料地用了最朴素、实在的两个字:"开心"。或许,和成年后的浓墨重彩相比，童年时所经历的一切都只能算作云淡风轻，更何况，覆盖在她内心的阴影之上的，还有那么多的暖色：哥哥的相伴左右、楼上阿婆的菜粥和馄饨、阿婆女儿的糖果和笑容、好朋友温暖的家、好朋友妈妈送她的新衣服、老师的宽容与关照，还有路灯下如饥似渴的阅读……她的右眼看不见了，却凭着向善的本能为自己在心里点了一小盏灯——灯光微弱，但还是把她的心照亮了。至少，她能看见前面的一小段路。她抛弃了阻绊她的，选择了更应该记住和听从的。她就这么小心翼翼地走，踏踏实实地走，带着自己心里的灯，走在很多平凡人都会走的路上。

　　黑夜之所以黑，那是因为我们选择了只看见它的黑。我却知道，黑夜从来不是黑的。

八岁那年,我不得不开始一个人的生活

受 访 者 | 徐晓放
职　　业 | 出版人
出生年份 | 1962 年

"护城河"终究保护不了我的小世界

1970 年,我八岁,正值那个特殊年代。外婆去世了,爸爸在监狱里服刑,妈妈被关在牛棚里,哥哥们在乡下插队。我不得不开始了一个人的生活。

我家住在省文联大院里,一溜排的两层楼房子,一栋楼住两户人家。早晨,我买个两分钱的烧饼,三两口吃了,就奔到学校去。中午和晚上,去食堂搭伙。只有到了节假日,妈妈和哥哥才会回家团聚。这样的留守日子我整整过了三年。

我像男孩子一样调皮,喜欢爬树、翻墙。大人们说,若是看见院墙上爬着一个小孩儿,那一定是徐晓放!一个人在家,我不怕孤单,但害怕被孤立。因为爸爸是"右派",出身不好,常会受到别人的冷眼。班上的同学会揶揄说:"她爸是'反革命',不要和她玩。"只有一个男孩子愿意和我玩，他叫彭小川。他妈妈是工人医院的医生，爸爸是"革委会"的副主任。他妈妈对他说："徐晓放他们家没有大人，只有她一个，挺可怜的，你们别欺负她。"彭小川听他妈妈的话，从不欺负我，每天早晨，他都会在楼下叫上我一起上学。

我在学校里没有朋友，只能自己给自己找乐子。我家后院有个垃圾场，那是一处缓坡，倾倒了很多炭灰，别人看不上那里，但在我眼里，那炭灰里有宝贝。时常在下过一阵雨之后，就会有嫩芽儿从下面冒出来。我在自家的屋前开垦了一块小小的地，把那些芽儿小心地拔下来，移栽到自留地里。我一心一意地侍弄着我的自留地。那块地只有一张床铺大小，但对我来说，那是一个奇妙无比的小世界。我把秃了的旧拖把柄用刀劈了，靠在墙角搭成架子，让毛豆、葡萄、爬山虎在那里爬藤，还种上了指甲花和一串红。最丰收的一次，竟收获了好几个大玉米。我还费尽心思地在四周挖了一圈"护城河"，在篱笆墙的柴扉上挂了一把锁，那是我的"小城池"，谁也不许侵犯它。

院里的孩子分为两派，一派是我们这些"反革命"的子女，另一派是工人家庭的子女，他们的父母是被派到院里来监视我们这些"反革命"家庭的。这两派，力量悬殊，我们弱，他们强。他们总想来破坏我的地。那是我的天地呀，在这里，我可以无忧无虑，想心事、挖菜畦、播种和收割。可是，"护城河"终究保护不了我的小世界。有一天放学回家，我悲伤地发现，那块小小的地不知被谁践踏得面目全非，墙角的藤架支离破碎地撂在几米开外的地方，毛豆藤和玉米秧变成了残枝败叶……我坐在地上，哇哇大哭。之前，我在放学路上被坏孩子拦截过，也被他们抢过书包，但我从没有这么伤心过。

那时候的我，没有预料到，之后还会遭遇比菜园子被践踏更让人悲伤的事。

我到现在都无法讲述和雪虎相处的细节

怕我寂寞，也为了看家护院，二哥给我抱来了一只两个月大的小狗，我们叫它雪虎。雪虎一身雪白的毛，只有眼睛那里有一圈黑，它日日夜夜和我守在一起。我们家有扇木门，我在木门下面踢开一小块板，那里便成了雪虎进出的门洞。有雪虎在，我不再感觉孤单。每天上学，它会一直跟着我，把我送到学校的大门口。到了放学时间，雪虎会准时到大门口接我。我始终没有弄明白它是怎么卡准时间的，比闹钟还准时。晚上睡觉时，我睡在小床上，它睡在床底下。我睡午觉，它在半层楼梯守着，只要有人上来,它就会警觉地吠叫。我种的庄稼,雪虎也会帮我看守。我去吃食堂,吃完了,就拿剩菜拌上些潲水,再泡上蒸饭,带回家给雪虎吃。

这个家成了我和雪虎相依为命的家,我俩形影不离地过了两年。

三年级开学不久,有一天傍晚放学,雪虎没有到校门口来接我。回到家,四处都找不见它。我急了,哭着满街满院地喊雪虎的名字,可是,两天两夜过去了,始终不见雪虎的影子。见我成天哭,也不睡觉,院里的大人不放心,打电话给离家最近的三哥,三哥从乡下请假回了家。他回来的时候,我正坐在大院收发室门口的硬板凳上哭,像祥林嫂一样见人就说雪虎不见了。我已经两夜没有睡好觉了。

三哥仔细查看了我们家的地形,说:"估计雪虎跳墙了。"我的自留地靠墙,墙外就是体委大院,那大院里养着一只母狗,雪虎一岁多时,曾经从墙上翻过去追赶母狗。听三哥这么一说,我止了哭,觉得有希望了。

三哥又说:"别着急,我过去看看。"说着,利索地翻墙进了体委大院。他沿着台阶一级一级走下去,没走几步,看到了一幕难以置信的景象——雪虎雪白的毛皮,正平摊着晾晒在伙食班门口的台阶上!

三哥大惊失色，回家后却强作镇静，对我说，啥也没看到。他知道，雪虎对我来说，绝不仅仅是一只狗，它是我朝夕相处的伴儿，是我的命根子。他安慰我说，雪虎找不着了，过几天再给我弄一只小狗回来，一定像雪虎一样贴心。不过，三哥心里清楚，这不是一件小事，他瞒着我给二哥拍了封电报，让他找几个朋友一起回趟家。二哥接到电报，立马叫上六个朋友，舟车劳顿连夜就从农场动身了。

二哥是第二天晚上到家的。当天傍晚，我却已经目睹了一幅终生难忘的景象。当时，天已擦黑，我放学回家，临走到家门口时，发现楼下开了花的夹竹桃上有些异样，上前仔细一看，那上面竟挂着一只血淋淋的狗头，正是我最心爱的雪虎的脑袋！

我受不住惊吓，跌坐在地，号啕大哭。三哥闻声从楼上跑下来，赶紧将雪虎的脑袋从树杈上取下，悄悄拿去院里挖坑埋了。事后我才知道，之前三哥气愤难平，曾去体委大院伙食班兴师问罪，把狗皮夺了回来，偷偷藏在了邻居张嬢嬢家。这回，是伙食班的人拿狗头来报复了。

那天晚上，二哥一行七人到了家。当时，我已经哭得精疲力竭。我无法相信傍晚看到的那一幕是真的，无法相信雪虎已经永远离开了我，而且是以如此可怕残忍的方式。

我不知道内心是绝望、痛苦、哀伤，还是愤恨……我只觉得，一万个最坏的形容词都没有办法描述自己的心情。

第二天一早，二哥带着他的六个朋友冲进体委大院，找到那两个肇事者，狠狠地揍了他们一顿。仗着人多势众，又连拖带拽把那两人带回我家的院子里，让他们当着我的面在雪虎的坟前跪下。

"你们伤了我妹妹的心，这债一辈子都还不上！"二哥指着这两人痛斥。

两天以后，三哥和二哥要回农场了。临走前，他们向我保证："妹妹，我们一定再给你弄一只跟雪虎一模一样的小狗。"我摇摇头，说："再也找不到像雪虎这么好的狗狗了。"到了这年春节，哥哥们没有给我带回他们许诺过的小狗，而是抱回了一只黄色的土猫。这只土猫特别淘气，和人不亲，养了没多久就跑掉了，变成了一只野猫……

不可思议的是，虽然我家和体委大院相邻，我却从此再没见过杀死雪虎的那两个人。上初中时，我必须穿过他们的院子去上学，但我每次都会绕道。那个地方是我心口不能触碰的伤。四十多年过去了，雪虎的模样至今仍清晰地烙刻在我的记忆里，一想起雪虎，我的心仍会发颤，一闭上眼，就会看见夹竹桃上雪虎带血的脑袋，它矫健的身影还会出现在我的梦境里。

唉，我到现在都无法讲述和雪虎相处的细节，一说就会克制不住流泪……

我遭受过女孩们的各种敌意

我童年的很多记忆都不美好。我需要朋友，却无法得到朋友。妈妈花三毛钱给我买了一个氢气球，红色的。为了让小伙伴跟我玩，我拿红气球讨好他们，可他们还是不跟我玩。我有一只很特别的塑料洋娃娃，穿着红卫兵的衣服，戴军帽，足有一尺高，在那时候很稀罕。我把洋娃娃给女孩们玩，她们玩了我的洋娃娃，还是不愿意跟我玩。

我还遭受过来自女孩们的各种敌意。

有个女孩，她的家庭出身和我相似。她爸爸是"右派"，妈妈是轻工局的干部，性格很强势。就女孩的家庭出身，她其实是弱势的，但她平日里却表现出不可侵犯的强悍的一面，把自己的不如意悉数发泄在别的孩子身上。比如，我在院子里洗衣服，刚洗完晾好，她就拿泥巴泼在衣服上；我晾在晒衣绳上的衣服，若是没人看见，她就拿剪刀去剪。第二天早晨起来，我发现晾干的衣服给剪坏了，只好去找邻居张嬢嬢帮我缝补。那个年代，衣服是多么珍贵啊，剪坏了这一件衣服，我就没有第二件可以换洗的了。

还有个大女孩，她家是搬到我们院子里来的工人阶级。我们用的是公共厕所，一大早，我刚蹲上茅坑，她就会蛮横地把我拎出来，说她要先用，因为她要上班；要是在晚上，我在里面，她就从外面把厕所的灯关掉，然后窃笑着逃走。

我们院里还有个"造反派"头头的女儿，她比我小一岁。七岁的她已经会给老师打小报告，说徐晓放在院子里说了什么坏话，做了什么坏事（比如摔碎了领袖的石膏像），然后，让她爸爸盖上公章，郑重其事地交给我的老师。

…………

（苦笑）小时候，我就是这样一个孤单的、受人排挤的孩子，那一切，都是因为我的出身。

可是，我并不怨恨。粉碎"四人帮"以后，我的父母重新获得了自由，哥哥们也回来了，我终于拥有了一个完整的家。我永远记得父母对我说过的，当年，别人欺负他们、批斗他们的时候，他们看到更多的是，这个人曾经对他们的好。想到这些，他们心里就没有怨恨了。

我也一样，回想起孤单、惊慌的童年，我都会感受到另一种温暖，那是左邻右舍一些善良的人给予我的。

比如帮我缝衣服的张孃孃，还有住在我家楼下的庄孃孃，若是烧了红烧肉，或者其他好吃的，她们一定会给我留一小碗，等我放学回来吃；我不舒服了，她们会带我去看病，为我陪护守夜；她们还给我浆洗缝补，买布料做衣服……张孃孃和庄孃孃都比我妈妈大上好多岁，她们给了我母亲一样的爱。我一直记挂着她们对我的恩惠。这么多年过去，庄孃孃已经去世，张孃孃还活着，每当我回到家乡，她迎接我就像迎接自己的女儿。如今，他们全家都过得很好。张孃孃说，还是善良的人有善报。

写在边上
拿什么来抵御童年的残忍

我忍不住上前拥抱了徐晓放。

我熟悉的她，练达、阳光、坚韧，性格里甚至还保留着那么一丝涉世不深的单纯和可爱，她小小的身躯里仿佛蕴藏着太阳一般四射的活力。那样一个她，却保留着一段近乎残忍的童年记忆。

我们惯常给予童年的形容词是：无忧无虑，纯真无瑕。其实，童年远非我们所想见的那般美好。无忧无虑的反面，是懵懂麻木，不识愁滋味；纯真无暇的反面，是蒙昧。有简单和天真，必有缺漏与无知，甚至残忍。

也许，我们不能简单地拿"人性恶"去判断某些儿童的行为。有一些孩子，在幼年期时常做出一些不可思议的残忍举动，比如虐待小动物，比如恃强凌弱，比如卑劣的恶作剧……在仁慈心、悲悯心和内疚感建立起来之前，对于那些幼小的孩子或者尚未建立起道德感的人来说，他们体会到的只有本能满足的快感。他们不知道，自己的行为已经给他者带来一生都难以弥补的伤害。

人和动物的区别在于，前者有道德约束的规范，明白"己所不欲，勿施于人"的道理，而后者只有自我中心、趋利避害的本能。倘若幼童的无意识残忍尚可原谅，那么，那些年长的孩子或者成年人的残忍，足可以证明他们是没有进化好的人。

也许，正因有这些人的存在，或因被大环境无奈裹挟，有那么多孩子丧失了本应安逸美好、无波无折的童年，提前被抛入生命的洪流，去感知人情冷暖与生活的艰难。

可是，童年本身却是如此特别，它像钻石那样玲珑、坚固与剔透，像原野那样丰沛、葱茏和广袤，像云朵那样纯净、轻盈与自由……它拥有怎样的样貌，取决于那个驾驭童年马车的人，取决于他采用的生命姿态，取决于他能否敞开心扉迎接朝露星辰。正如一年级的徐晓放在炭灰里发现的那些嫩芽儿，它们顶破黑暗与龌龊，照样绽放着生命的活力与美。

假如你不得不独自面对残忍的成长，假如你不得不保护自己不受伤害，你还可以举起最后的善的盾牌——善很温和纯良，但它同样很尖锐强悍。善是解救自己的最后利器，正如张嬢嬢给出的朴素的人生总结：还是善良的人有善报。

眼看我就要赢了,她却退出了……

受 访 者 | 李妙玉
职　　业 | 公务员
出生年份 | 1971 年

🌱 我有新妈妈咯！ 🌱

我三岁的时候,妈妈就过世了,她患的是乳腺癌。对我来说,妈妈只活在照片上,我对她没有任何记忆。妈妈过世后,住在无锡乡下的奶奶把我带去了身边。奶奶和伯父住在一起,他们处得并不好。伯父脾气暴躁,奶奶性格内向、多愁善感。我常常看到奶奶受了气,躺到床上流眼泪。一个小孩子看到大人默默流泪,是一件多么可怕的事情。奶奶一哭,我的心就会发毛,好像有无数只小猫爪子在挠。从小,我在别人猎奇和怜悯的目光里长大,我痛恨那样的目光。见着我,大人们会唉声叹气地说,这个小孩好可怜哦,没有妈妈的。他们这么一说,我便跑开了,撒开脚丫子到田埂上去撒欢。

六岁那年,一天,有人告诉我:"你要有新妈妈了。"我有新妈妈咯!我这么想着,满心欢喜。

新妈妈来奶奶家看我了，高高的个子，扁平的身材，脸上布满淡淡的雀斑。她给我带了一堆漂亮的蝴蝶结，还有两件小花布背心，那是后外婆（新妈妈的妈妈）给我做的。我还去了后外婆家。她家离奶奶家挺近的，有一幕我到现在还记得清清楚楚。傍晚，我正在晒谷场上同小伙伴玩耍，后外婆用很悠远的声音喊："妙玉啊，回家吃晚饭咯——"那一刻，我的心里好暖好甜。从来没有人这么喊过我，这才是家的感觉啊。就像风筝，无论飞得多高，都有人牵系着你，等你回家。

不久，我回到了新妈妈和父亲在南京的家，在那里开始上小学了。新妈妈和我父亲一样，也是丧偶的，有两个儿子。我父亲这边呢，除了我，还有一个姐姐。原本陌生的六个人，组成了一个新家。那时候，两个哥哥都还在老家读书。我上一年级时，家里只有父亲、新妈妈、姐姐和我。那是一段最像"家"的时光。

新妈妈经常跟我和姐姐说说笑笑，家里的气氛很轻松。她还给我做新衣服，帮我梳头。从来没有人给我梳过头，新妈妈的动作轻轻柔柔，她的手在我的头发上拂过，我在心里甜蜜地想：这就是妈妈的手啊。新妈妈扎的辫子真好看。她会扎马尾，也会编麻花，还给我戴上红色的蝴蝶结。我这个又黑又瘦又土气的乡下假小子，终于也打扮得像个真正的女孩子了。我和姐姐喜欢跟着新妈妈去公共浴室洗澡,她用丝瓜筋给我搓背,搓得我又痒又舒服。水汽氤氲里,我和姐姐的笑声在四壁撞来撞去……

那真是一段欢快的时光。

第二年秋天,两个哥哥来了。大哥上高中,二哥上初中。家里只有一间半房子,父亲、继母、姐姐和我挤住在大房间,两个哥哥住在外面的半间里。空间挤了,却也其乐融融。

可是,不知道从哪一天开始,家里的气氛突然变得怪怪的。那是一个星期天的早晨,我吃了一碗泡饭,觉得没吃饱,又去厨房里盛了一碗。继母正在厨房里洗碗,她斜睨了我一眼,用一种很陌生的口气说:"你人小,要吃两碗。哥哥个子那么高,也吃两碗。"继母的声音和平时不一样,很轻,像是被门缝挤压过了。

我呆立在那里,不知道该怎样回答。我抬起头,目光和继母的眼神轻轻碰了一下,不由得打了个哆嗦。继母的目光冷冷的,和外面的天气一样冷。

继母不再同我和姐姐说笑。每到吃饭,家里的气氛就会变得异样,阴冷得让我害怕。烧了排骨,一定不能多吃,吃了一块,便犹豫着能不能吃第二块。要是夹了第二块,就明显感觉继母的脸色不好看了。

继母也不喜欢姐姐了，经常没来由地数落她："这么大的人了，这不会做，那不会做，成绩又这么差。"在继母眼里，姐姐一无是处。吃饭的时候，只要继母离开饭桌去盛饭，姐姐马上会趁机搛一块排骨。大哥立马在旁边发出窃笑声，说："妈妈一走就有人搛排骨了！"气得我拿眼睛去瞪他。

继母和父亲之间也经常冷战，冷不丁地，两人就互不说话了。其实，我宁愿继母沉默，一旦她开口，我和姐姐就会觉得芒刺在背："她们最好在家做小姐，什么家务也不做，真以为自己是小姐了！"父亲反驳道："她们不会干，我也不让你和儿子干。要么我干，要么大家都不干。"

当这种奇怪而阴郁的气氛在家里开始弥漫时，我上二年级，姐姐上五年级。从此，我的家成了一个密闭的闷罐子，透不进光，也透不进空气。

我害怕父亲和继母离婚

多年以后，我问父亲："你们那时候为什么总是冷战？"父亲说，说到底是因为经济问题。父母都是工薪阶层，那个年代工资少得可怜，两个人的工资要供养四个正在长身体的上学的孩子，谈何容易。继母认为，父亲应该把每个月的工资全部交给她。但我父亲不肯交。他对继母说:"你有两个儿子,我有两个女儿,每个月我只能交生活费给你,如果全部交给你,以后我拿回来就难了。"继母不乐意,却拗不过我父亲。两人都算是读书人,继母是中学教师,父亲是工程师,抹不开面子吵架,于是,只有冷战。

后来,我们换了稍大一点的房子,三室户。我和姐姐住朝北的小房间,两个哥哥住朝南的一间,另一间大的朝南的父母住。那时的老式房子不隔音,我每天都希望听见父母在房间里讲话。如果听不到他们的说话声,我就会不安,但他们还是常常不说话。

继母带着两个儿子,父亲带着两个女儿,我们家分成了看不见的两个王国。

继母不再给我扎辫子,换成父亲给我梳头了。父亲笨手笨脚,总是把我弄得头皮生疼,即便扎成了辫子,也是七扭八歪,没到中午就散了。不得已,父亲带我去剪了短发,我又变回了假小子。我整整留了三年超短头,直到六年级,又把头发留长了。因为那时候,我学会自己扎辫子了。

和姐姐不一样,我的成绩好,可继母还是看不惯我。哥哥和继母难得同我和姐姐好好说话,若是开口,便是冷嘲热讽,更不要说有什么好脸色了,但继母从来不打我。在继母的念叨里,我觉得自己是个讨人嫌的丑姑娘:好吃懒做,腿短,屁股大。她总是斜眼瞧我,那目光令我不寒而栗。

父亲去上海出差,给我买了条带蕾丝花边的碎花连衣裙。我欢天喜地地在镜子前试穿。"好不好看?"我转过身问父亲。继母在旁边阴阳怪气地说:"很难看,很丑。"若是父亲不在家,我和姐姐都害怕和继母独处。吃饭时,两人只顾闷头扒饭,吃完,洗好碗,马上回房间看书。我和姐姐从小爱看书,我俩不约而同地觉得,只有钻进书里的世界才能排解现实生活中的不快乐。

姐姐曾经反抗过继母和哥哥们的嘲讽和歧视,但抗拒的结果是雪上加霜。我不知道该如何抗拒,也从没有想过反问继母:"你为什么那样看我?"我习惯了继母的目光,冰冷的、不屑的。我那么矮小,继母和两个哥哥都个子细高,他们总是垂下眼睛俯视我,我习惯了在他们的威慑之下,觉得这一切都是正常的。我也从不把心里的委屈告诉父亲。我怕因此惹继母生气,怕她和我父亲离婚。我觉得,如果父亲和继母离婚,比我从小就没有妈妈更可怕。本来,我们这种家庭组合在别人眼里就不正常,离婚就更奇怪了。我多么害怕自己和别人不同。我们习惯了自己必须和别人"一样",这是我们从小所受的教育,不能另类,不能出格,得按照别人既定的模式生活。我们都把自己装在了"套子"里。

我和继母在学校的楼梯上相遇

1984年,我上初一了,正是继母执教的那所中学。我属于成绩好的学生,作文也写得好,语文老师和继母在同一个教研室。渐渐地,我发现继母对待我的态度有了一点微妙的变化,她不再在吃的方面克扣我,"只知道吃,不知道干活"之类的抱怨少了,也不再斜睨我了。

有一回,上高一的姐姐写作文,题目是:《写给妈妈的一封信》。姐姐在作文里写道:"妈妈,你为什么总是斜着眼睛看我和妹妹?"姐姐回来时说,老师表扬她,说这篇作文写得特别好。姐姐平时成绩不好,能得到老师的表扬太难得了。我赶紧把姐姐的作文找来看。继母也看了作文,看完,她什么也没说。吃饭的时候,继母一直郁郁寡欢,之后几天也是。但从此,继母对我和姐姐的态度收敛多了,但是冷嘲热讽依旧。

我喜欢朗诵,当上了学校的播音员。我和姐姐兴奋地分享自己的愉悦,继母在一边跟哥哥议论:"切,她还要去做播音员呢！"我立刻不作声了。

姐姐特别喜欢看古典文学的连环画，看完越剧电影《红楼梦》的连环画，给我背里面的台词"问紫鹃"。继母听见了，在隔壁跟哥哥说："切，好像她们懂得有多多！"

切，切，切，切……我不明白继母为什么对我们这样嫌恶。

可是，虽然心里充满了各种怨怼，我的记忆里却保留了和继母的一段非常温馨的画面。还是在我上初一的时候，有一天课间，我在学校的楼梯上和她迎面相遇。我下楼，她上楼，一个冷不丁就照面了。我抬起头，不得已地对她笑了笑，她也对我笑了笑。在家里，继母从来没有给过我这样的笑容。好像做梦，我有些恍惚，那个对我笑的是继母吗？她的笑多么美，多么温暖。

可是，那终究像梦一样不真实。没过多久，在家里吃饭的时候，我忍不住给父亲撒了个娇，一抬头，便遇见继母嫌恶的目光。那目光冷得像冰。

就这样，就像我那跌跌撞撞的青春，我和继母的关系忽而暖，忽而冷。我无数次地自问：我真的是她眼中那个讨人嫌的我吗？

我只想和别人一样

上初中时,流行交笔友。我有了一个无锡的笔友,他是我阿姨家的邻居,一个才华横溢的少年。他把信寄到学校,却被继母扣留。她还偷看了我的日记。我在日记里写了对学校生活的感想,继母跟我班主任聊天时不经意地说漏了嘴。班主任后来对我说:"我听了不大高兴,心想你怎么可以随便看孩子的日记呢?别说是继母,自己亲妈也不能看。妙玉啊,你这样家庭出来的孩子,自己一定要学好,要靠自己。"我很感激班主任的苦口婆心。

我真的像班主任期望的那样努力"学好",不仅成绩名列前茅,也表现出了一些"不寻常"。那时候,正逢叛逆期,若是和父亲吵了架,会两三个月不和他讲话,但我会给他写信沟通。父亲把我的信拿给继母看,我的信让继母对我刮目相看。她吃惊地发现,我已经不再是那个贪嘴的小丫头,而是一个有着独立想法和见解的大女孩了。

可是,在同学中间,我始终无法摆脱自卑的阴影。我这样来自重组家庭的,是班级里的独一个,我时常想象别人在背后议论我,窃窃私语我的家庭有多复杂。那是个多么奇怪的家啊!好朋友来我家玩,一定只待在我自己的房间,继母下班回来,既不会招呼,也不会笑脸相迎;

我去好朋友的家，她们的妈妈总是很热情，会拿零食招待我。可是，她们的妈妈也会当面说："你没有妈妈，好可怜哦。"我反感她们这么说，我不需要他们的怜悯。

我也讨厌别人对我的家事问长问短。他们会问我："继母对你好吗？"小时候，我回答："不好。"被继母听见了，于是质问我和姐姐："谁烧饭给你们吃的？你们衣来伸手饭来张口，我对你们怎么不好啦？"我们张口结舌，不知该如何回答。大一点，别人再问，我就学会了说假话，说："继母待我们很好。"

我在外人同情的目光里长大，可是，同情不是真的爱和关心。五岁时，后外婆在门外喊我吃饭，让我感觉温暖，那是因为她让我感觉到，我和别人一样了，我也有外婆喊我回家吃饭了。我后来有了一个好朋友，我对她说："我之所以和你成为这么好的朋友，是因为，别人会问我'你妈妈对你好不好？'，你从来不问我。"我特别感激她。这种不问，就是一种默契、尊重和理解。

尽管我是优等生，但我永远逃脱不了自卑。我一直被继母取笑"身长腿短、大腿粗、个子矮"，我在她时不时的打压中建立着对自己的认知。我想，我永远都不可能获得像别人那样的自信了。我一遍又一遍地想，如果我有一个亲妈妈该有多好，亲妈妈怎么会挑剔自己的女儿呢？

就这么被自卑折磨着，直到我读了大学。一个好朋友对我说："你看你父亲是知识分子，你长得又清秀，有什么好自卑的？"她一再地那么说，我才稍稍释然。但那些坚固的自我认知，是褪不去的人生底色，将一辈子纠缠我。

我永远失去了与继母和解的机会

我上高二时，大哥结婚，搬出去单住了。家里少了一个人，空间似乎宽敞了不少。父亲和继母也有了老来伴的感觉，大哥一家每周末回来吃饭，他们两人总会有说有笑地烧上一大桌菜。我清楚地记得，那一年，继母去上海出差，在淮海路的妇女用品商店给我买了件黄黑格子的外套。继母坐在那里看着我试穿，脸上露出难得一见的笑容。那件外套我后来一直穿。

我上高三时，有一个星期天的下午，父亲在家里给继母烫头发、染头发，继母安静地微闭着眼睛，父亲的动作很仔细很轻。眼前的场景让我想到了四个字：相濡以沫。我想，这大概才是正常的家庭应该有的样子吧。

我也盼望着，自己和继母之间能建立起正常的母女关系。那么多年，我和继母之间一直进行着无声的战争。她给我的童年带来了很多不愉快的回忆，怨恨从来没有消解过，我没有原谅过她。但是有时我也会觉得她可怜，她的日子也不好过。可是，眼看我就要胜利了，她却不战自败，退出了舞台。

高考前不久，继母突然病倒了。

那个星期天，我和姐姐正帮着继母包馄饨。继母突然说她手痛、腰痛，痛得支撑不住，只好去床上躺着。后来，继母的腰痛迁延数日一直不好。父亲带她去医院检查，医生诊断说是肺癌，并且已经转移到大脑了。继母从住院到去世只有短短一个月。

高考复习的间隙，我在医院里陪夜。那一晚，我昏昏欲睡，把手搭在床上。蒙眬中，感觉继母从昏睡中醒来，将手轻轻搭在我的手上，又抬起手，捋了一下我垂下的刘海。这是我的记忆里，继母对我的唯一一次温存的抚触。不久，她就昏迷了，再也没有醒来。

我永远失去了与继母和解的机会。

后来，我无数次假设，假如继母能够病愈，我们这个家会变成什么样？在她生命的晚期，她和父亲终于真正有了一点夫妻的样子，将来若是我和姐姐离开了家，他们也许会更加相互依赖。

假如继母没有过世，我读了大学，结了婚，尤其是有了孩子以后，我们也许会像其他正常的母女那样交流，会有共同的日常话题,说说家长里短。

我还看清了一点——我是父亲的女儿,她是父亲的妻子,我们一直在争夺父亲,比较我们在父亲心里的位置孰轻孰重。但是,继母再也不能给我消解怨恨的机会,这是永远无法弥补的遗憾。

我再也没有机会问她:"为什么小时候的我那么招你嫌恶?"也许我会在她面前哭得畅快淋漓。

我再也没有机会告诉她:"其实你也心情不好,你也充满怨愤,因为你缺乏爱。"也许,我的话也会催下她的眼泪。

可是,再也没有如果……

写在边上
那个并不真实的自我

妙玉在成年后反思自己成长的家庭:"再婚家庭会否把人性的缺点放大?父亲和继母需要维护各自子女的利益,他们从来没有真正融入到一起。也许,他们俩,谁都没有错。"她以这样的理由,为自己的心结寻求开解。

但她没有勇气问她的父亲:"如果时光倒流,你还会选择再婚吗?"她只是在继母过世后,婉转地对父亲说:"如果你当时不结婚,我们父女三人不是也能过得挺好吗?"父亲点点头,一言不发。实际上,两个哥哥也一直在同父亲冷战。

也许错的不是再婚本身,而是妙玉父母的重组婚姻经不起现实生活的考验。

对女孩而言,没有母亲,是最大的缺失。正如刚刚进入青春期的妙玉,每次来例假都会深感恐惧,"每个月都要这样,还要弄到裤子上,真是绝望",她甚至想到了死。可是,如果没有继母的加入,父亲和两个女儿的生活真的会一帆风顺吗?生活无法重来,也没有既定答案。

妙玉的成长期同样有亮色。最大的亮色就是有书的陪伴。在那个清贫的年代,妙玉的父亲依然订阅了20多种书报杂志,《读者》《世界博览》《艺术天地》《参考消息》《旅游天地》……家里没有的书,她就去图书馆借阅。书给了她很多生活中没有的正能量。妙玉说:"如果没有阅读,我会是一个自暴自弃的问题少女。如果没有阅读,学习成绩一直居于下游的姐姐也会学坏。书拯救了我们姐妹俩。"

妙玉最大的悲哀可能是,在一个孩子从别人的目光里认识自己的年龄段,她读到的,是一个扭曲和丑化了的自己。这成为她永远的烙印,她将花一生的时间去纠正那个并不真实的"自我"。

妙玉对自己的认识是:不好看、粗短、矮小,才华平庸,一无长处。

而我眼里的妙玉:娟好静秀、文思灵动、善解人意、真纯透明。

讲述童年的委屈和过往,妙玉神情平静,没有流一滴泪。唯有在说起继母生命最后时刻的温存时,妙玉的眼中有泪光闪过——其实,她早已在心中和继母达成了和解,不是原谅,是理解,是设身处地,是对自己未来生活的美好期许——在自己也为人母并且也经历了人生诸多无奈和复杂之后,她正努力做到真正的心平气和。

我用半生时间来矫正那个孩提时代的我

受 访 者 | 邱燕云
职　　业 | 律师
出生年份 | 1973 年

在许多次碰壁后,我才不断地重新认识自己

我离开了父母之后,才意识到,父母的素养、成长的环境已经渗透到我的骨血里去了。妈妈给我灌输的东西影响了我,让我走了不少弯路。在许多次碰壁后,我才一点一点清醒,不断地重新认识自己。这个过程很艰难。

我大学的专业是法律。学法律的人讲求客观,能认清别人的优点和缺点,也认清自己的劣势。可是,那些已经存在的东西,有些能改,有些改不了。我十八岁以后的人生,一直在修正那个十八岁之前的自己。

这个十八岁之前的自己是什么样的呢?

我在一个封闭的大型企业长大,十八岁以前,几乎没有机会离开那里。我的父母是工人,家里除了我,还有一个弟弟。我小时候对未来没有思考,因为见识甚少,也就不会对自己有规划和期许,只想着,把眼下的书读好,

把今天的作业写好。除了课本,能读到的只有小说。父母有借书证,他们去图书馆,按照自己的口味给我借各种文学杂志,《收获》《当代》《小说月报》,那是我读中学时候的事了,自然科学、社会科学的书却很少读到。

我生在一个节俭的家庭,穿衣服自然朴素,学习用的东西也节俭。上美术课需要买水彩笔和颜料,别的同学都用十二色的水彩笔,我用的是六色的。水彩可以调色,但水彩笔没有办法调色。于是,同样一幅图,别人画得颜色丰富,我的却很单调。我很想问别的小朋友借,但自尊心不让我这么做,心里涌起很深的失望和自卑。不知为何,当时那种灰色的心情我记得很牢,仿佛就发生在昨天。

父母也很少和我谈心,他们给予我的,是简单的教育,或者是负面的批评:怎么只有70分?别人如何如何……他们不习惯和颜悦色地同孩子说话,觉得只有指责或者训斥才能树立起自己的威信。

我有了女儿以后,经常会抱抱女儿,因为我想让她知道,我真的很爱她。我小时候,做错了事,父母都是以打和骂来处理,很少会和我讲道理。我是在父母的打骂中长大的。我至今很排斥和妈妈亲密,甚至很反感和妈妈拉手。也许因为我从小被打得太多、骂得太多吧。我对父亲的感情好一点,至少,他比较温和,虽然平时话不多,但我能感受到他为有我这样一个女儿而骄傲。

我后来想，父母应该也是喜欢我的，但他们却以相反的方式来表达他们的感情。现在，我每两星期去看父母一次，见到他们也没有太多的话说。那是出于责任，而不是发自内心的需要。

幸好，我在成长中缺失的爱，在婚姻中得到了弥补，否则我该多难受啊。而身为人母的我尽力避免着父母对我的教育中所犯的错误。我对女儿的态度是平等的，她会对我说："妈妈你说话口气又不对啦。"我错怪了她，她会说："妈妈你太急躁了。"我承认错误了，她会很感动，过来抱抱我，亲亲我。

出去散步，我很刻意地走在父母两人中间

我六岁那年，弟弟出生了。父母的欣喜挂在脸上。我能感觉到父母对弟弟的偏爱，觉得自己受冷落了，但我不会因此而迁怒弟弟，只是暗暗感到失落而已。爷爷奶奶也喜欢弟弟，有半年时间，他们把弟弟接到身边去。弟弟不在家，我感到很开心。晚上，吃完饭出去散步，我就很刻意地走在父母两人中间，心里甜蜜地觉得我们三个人是整体。

弟弟是很聪明的孩子，我读书成绩好则是靠用功。妈妈经常不屑地说我："你呀，只会死读书，笨得很。"我想，原来，我考得好，那都是背出来的，靠用功得到的。所有的小孩子都在意别人对自己是否聪明的评价，即便成绩好，但只会死读书那也是很丢脸的。于是，我一直认为自己很笨。工作了，我也觉得自己笨，认为自己很难胜任工作。直到遇到了一位前辈，他一直说我聪明，夸我思路清楚。在实践中，我才知道，原来自己并不笨。那时候，我已经二十多岁了。

有那么一幕，一直镌刻在我的记忆里。那时，我已经上高中了。有一天，我去上学，碰到同年级不同班的一个女生，她和妈妈一起去学校，她妈妈是我的化学老师。她们走在前面，我走在后面。我见她亲密地勾着她妈妈的手臂，身体紧靠在她妈妈身上，头也挨得很近，两个人边走边说着话，她妈妈还不时伸出手去揽住她的肩。我放慢了脚步，一直在后面望着她们的背影，那是一种羡慕和心疼交织的感觉，我想不起自己和妈妈有过这样的交谈，更想象不出自己和妈妈会像她们母女那样亲密。

我对父母的感情，更多的是一种——惧怕，不敢无所顾忌地说话，更不敢有自己的主张。有一次，我去爷爷奶奶家玩，他们留我吃了晚饭才回家。后来，我回到了我家楼下，遇见妈妈，她问我："晚饭吃过吗？"我不敢说我吃过晚饭了，因为他们事先并没有允许我在爷爷奶奶家吃晚饭。听了妈妈的问话，我低着头支支吾吾。送我回家的爷爷在一边代替我说："吃过了。"

上了大学，天地比过去宽了，我才意识到自己身上有那么多弱点。比如，为人处世，我从父母那里获得的思维定势是斤斤计较，但是与人计较总是让我碰壁，也败坏了自己的心态。我还意识到自己说话很冲，很直接，我的情商比别人低，那也可能受了父母影响，他们就是用这种语气和态度说话的。我慢慢意识到，我这样说话，会伤害别人，人家会不愉快，正如父母这么对我说话，会令我沮丧一样。于是，我努力让自己好好说话，预先考虑别人的感受。当我这么努力了，我发现，一个人的情商是可以提高的。与人交往时，不求回报，不计较得失，反而更令自己愉快。只有碰壁了，走了弯路了，才知道反省，但我也为此付出了代价。就这样，我一直在进行着自我教育和自我矫正。

尽管如此，我并不责怪自己的父母。他们本身没有受过很好的教育，我妈妈在农村长大，只有小学毕业。我对他们更多的是感激。他们勤俭节约，尊重知识。他们以自己有限的认知尽了最大努力，给我借书，供我读大学。与他们同时代的父母相比，已经很不容易了。他们只是没有能力给予我更加清醒和明智的提点。

那个时代的父母可能都是那样的。小时候，我接受所有的现实，我连逃到楼下出走的勇气都没有。父母打我，责骂我，哭一哭，也就过去了。我没有判定过父母的对错，他们的言行对我来说就是圣旨，不得不全盘接受。

小时候的我，麻木、迟钝，并没有那么多感伤。长大了，深埋心底的委屈才会一点一点泛起。我才会反思，如果有更好的环境，也许就不会走那么多弯路。可是，自我矫正是有限的，直到现在，我还是难以改变性格里的缺陷，还是会控制不住地言语伤人。于是，我只能寄希望于自己的孩子，爱她，不将她和别的孩子比较，她会比我走得更好。

如果面对童年时候的自己，我想对她说："你真的……不容易（哭）。在外人看来，你很光鲜，可是你把那么多的郁闷和委屈都藏在心里，你无人可诉，你已经尽了最大的努力……"

写在边上
长大是一件多么不容易的事

曾经尝试着侍弄植物,但每每失败。那些千姿百态的花草,习性各个不同:有的喜湿向阳,有的耐旱喜阴;有的耐风霜,有的需温热;有的能忍受瘠薄,有的非得沃土伺候;有的独枝孤傲,有的花团成簇;有的生命力强健,有的弱不禁风。那些花草,初来乍到,总是光鲜亮丽,可是往往,日子一久,眼见着它们渐渐委顿和萧索,直至最后,只剩一盆枯枝败叶……便不无悲哀地想,徒有一腔热爱,也是力有未逮,无法让那些娇嫩的花枝保持得更长久。

花草尚且如此,何况有思想、有感情的人。

小孩子生性各个不一,脆弱得如同花草。有些父母对待孩子就如同植物或者动物,以为提供一些日常的供养,便能将孩子轻易养大。在邱燕云成长的年代里,这是大多数父母的认知,一是因为物质条件所限,二是因为认知所限。他们也是徒有一腔热情,却未必具备足够的能力。那些孩子成了人,或许也能拥有健壮的体魄、令人赏心悦目的样貌、美好的前途,然而内里的盘根错节、纠缠困顿,大概只有自己知道。

我是邱燕云的同时代人,年少时彼此相识。她羡慕我有比她优越的成长环境,以及更加善解人意的父母。然而,我的成长同样不容易。正如邱燕云郁积心头的委屈,我的心中也有一块不足为外人道的空缺,那是依凭他人的力量无法填补的,唯有靠自己——或许,每个人都要用日后的人生来弥补孩童时留下的遗憾。成年后,遥望那个曾经在人生起点上蹒跚学步的自己,你会清楚地看见,那条路上遍布多少障碍与荆棘,你必须在一次次绊倒后,学会规避和跨越。而那个超越了自我的新我,才有能力做合格的父母,去护佑孩子成长。

然而,这个世界上不存在也没有彻底完满的人生,你的孩子也将在遗憾中重塑自己。这并不可悲,正如泥泞中诞生了跋涉者,遗憾与痛苦也让成长充满了不可思议的美。

快乐着,却为什么总感到心酸和悲伤

受 访 者 | 张圆圆
职　　业 | 设计师
出生年份 | 1975 年

我对妈妈说:"阿姨,你今天不要走。"

父母去援藏时,我刚刚出生十七个月。

那时,他们都是工厂的工人,两个人的收入加起来不到一百元。可是,去西藏,一个人的月工资就有一百四十多元,将来回来,还能分配一个更好的工作。对经济拮据的父母来说,去援藏,不仅可以补贴收入,还可以改变命运,这是一个绝好的机会。

很多年后,一次家庭聚会,一个远房舅舅对我父母说:"我觉得圆圆蛮可怜的,小时候没有得到过你们的爱。"据我妈妈说,那一刻,她很难过。她曾经为我心碎过,但是时过境迁,后来,她说她的眼泪已经流不出来了。我没小孩的时候,是完全不能理解我妈妈的。我一直埋怨她,怎么忍心抛下我?我会想,如果我的女儿十七个月大,我会像她那样做吗?我听见她对舅舅说:"如果我和她爸不去西藏,我们哪有今天的生活呢?如果我们不去,就是工人待遇退休,但我们现在是国家干部退休。单位还给我们分了房,退休金这么高。如果我们不去,把圆圆带在身边,她也没有今天的生活。"

我却觉得,如果我有一对普通的父母,反而会更快乐一点。小时候,有个同学,他的妈妈是菜场卖肉的"猪肉西施",来学校送东西都是穿个皮围裙,斩肉的嘛。可是我好羡慕他。那男生长得白白净净,很可爱。我们经常去他家里玩,他们家窗明几净,钩针钩的方巾铺在沙发上,他还有一把小提琴!他的爸爸妈妈把他当个宝贝,他喜欢吃鸭子,一顿能吃掉一整只烤鸭!我父母是不错,他们去了西藏,换来了优越的家庭生活,我家住的是楼房,是报社大院。大多数同学住的都是平房,用的还是公厕。我爸爸是美食记者,我跟着他去各种饭店,遍尝美味。可我还是羡慕那个男生,觉得他好幸福好快乐,他们家那种其乐融融的氛围是我们家没有的。

没有对错,是的,很多事情都没有对错。我妈生我时才二十二岁,回来时二十五岁。她跟着我爸去西藏,只有一个念头:我爸去哪儿她去哪儿。当时,她一个人坐火车去西藏,去见我的爸爸。男人们扛着血淋淋的牛啊羊啊,就坐在她旁边。看我妈长得好看,他们直接伸手摸她的脸，她好害怕，心里只想着，很快就会好了，我爸爸在车站等她。那时候，我爸爸就是她的港湾。

父母去西藏后，我跟奶奶住在一起。我对父母没有感觉也没有印象。只记得，约莫三四岁的时候，妈妈回来探亲，我开口就叫她"阿姨"。她坐在沙发上，我站在她面前给她唱歌，口齿不清地唱当时流行的印度歌曲。我唱得很开心，面前的妈妈却一边笑一边哭。唱完了，我对她说："阿姨，你今天不要走，在我家吃饭吧，我们家今天吃炒青菜。"我觉得自己跟这个阿姨很亲，不想让她走，这可能就是天性，有一种莫名的熟悉。

我成了他们之间对峙的一个砝码

后来，妈妈先于爸爸回内地了，和奶奶住在一起，但她和奶奶的关系不好，每天发电报让爸爸回来，我爸爸就回来了。爸爸常为这件事遗憾，他说如果不回来，现在就可能是领导了。呵呵，我爸爸的自我感觉总是这么好。

父母回来时，正逢我上小学。他们不在，我一直很快乐，很自信。他们回来后，我觉得生活变了样。起先，我在奶奶家附近的小学上学。三年级时，我爸爸嫌原先那个小学不够好，想把我转到自己家附近的小学去。我听见爸爸同奶奶聊这件事，想到转学，我心里蛮害怕的，不仅害怕去一个新环境，更害怕从此我每天要和父母住在一起了。以前，他们只是每个星期六来接我放学，星期天和他们待一天。和父母在一起，我只觉得他们像是陌生人，他们对我也很客气。有一回，我想要一个洋娃娃，妈妈答应过我的，可是到了商店，妈妈对我说："圆圆，和你商量一下，不能别人有什么你都要有，你有的玩具别人也没有。你看，你要的这个娃娃得花上爸爸妈妈半个月的工资。"这时候，爸爸在旁边发脾气了："你答应给她买的，讲好的事情，怎么可以反悔？"这件事让我印象深刻。

　　回到父母身边，我便发现，他们两个实际上冲突不断。成年后，我能够比较清醒地看待我父母的关系。当他们两个在最初的青年时期的迷恋结束后（恋爱时，我妈妈十七岁，爸爸二十五岁），一个残酷的现实摆在他们前面，他们俩的悬殊太大了：家境的悬殊，思想层次和文化层次的悬殊（我爸爸是个笔杆子，他写的影评当时已经小有名气，而我妈妈的文化层次低）。当他们之间的爱情难以维系，很难让他们再去爱自己的小孩。他们不了解我，也不懂得什么是育儿之道。他们俩整天冲突、碰撞，时间长了以后两个人都发现，根本就是选错人了，他们属于两个世界，是永不相交的列车，在两根平行的轨道上行驶。

小的时候，我们家常有知名作家来做客。我虽然小，却已经感觉到，他们好像挺替我父亲感到惋惜的。十三岁那年，爸爸带着我和妈妈去庐山参加笔会，我时不时地替我妈妈感到尴尬。在所有的女性中，我妈妈比她们都漂亮，但我妈妈没有办法跟她们聊到一起。可我妈妈却不知不觉，她是个性情中人，很能喝酒，喝了又爱说话，说着说着，小市民的气息就流露出来了。我在旁边看着，如坐针毡。

可是我又知道，我妈有个性、聪明，没读过书不是她的错，是时代和家境造成的。我身上的很多东西遗传自我的母亲，比如创造力，比如对事物敏锐的感觉。她的心里有喷薄而出的激情，她和那些文化人在一起只是掌握不好分寸。平时，她会给我爸出很坏的主意，弄巧成拙。她没有大智，只有小聪明，无法扶助她的丈夫。我爸爸的不幸是他没能拥有一个贤内助，他一直对此感到不满。于是，他们一直争战，我爸动不动就给我妈留下一封信，把我带走，带回奶奶家。我成了他们之间对峙的一个砝码。

🍁 我的青春，也是生了冻疮的 🍁

少女时，我感觉不到妈妈的爱。

到了青春期，懂得爱美了。可是妈妈不给我买衣服，也不打扮我，她只打扮自己。后来，我站在妈妈的角度分析，她在我很小的时候就离开，离别曾经让她心碎，但生活磨砺了她，加之长时间不和我在一起，她对我的感情也是平淡的。是现实的生活将她磨得粗糙和迟钝。

十五岁，我上高一，已经发育得很好。那时，班上好多女生都用胸罩了，妈妈却没给我买，我依旧穿着她穿剩的松垮泛黄的白色棉质小背心。正是春暖花开，路上的男孩女孩们都换上了鲜亮的春装。我骑着自行车，里面穿着那件旧兮兮的小背心，外套妈妈穿剩的颜色暗淡的旧针织衫，袖口那里已经破了洞。暖风拂荡，所有人都满面春风，我却一边骑着车一边默默地哭。很多年后，我读到张爱玲在《小团圆》里写，她在香港大学念书的时候，因为穷，穿着旧棉衣，而人家都穿着新棉衣，感觉就像生了冻疮一样。读了这段，我哭了很久。我的青春，也是生了冻疮的。

我从小穿妈妈剩下的衣服，毛衣是我妈妈的，外套也是妈妈的，她不喜欢了就扔给我，鞋子偶尔给我买一双，棉皮鞋也接她穿旧的。我常常巴巴地盼望着妈妈喜新厌旧，我就可以拥有一件相对新一点的衣服。妈妈把旧衣服扔给我的日子，就是我的节日。可那只是表面上的快乐，私底下的我郁郁寡欢，长大后，恨不得把以前的照片都撕掉。照片上的我，穿着不合身的旧衣服，表情呆板，姿态僵硬。全是不自信的缘故吧。

长大后，有了钱，我非常喜欢买衣服，shopping（购物）让我感觉到报复性的隐秘的快感。我想，我的女孩时代已经蹉跎了，所以要对自己女儿好，要把她打扮得漂漂亮亮的。

妈妈对亲戚说，我在青春期时很叛逆。可是，我没觉得自己叛逆，也没觉得自己有过青春期。青春期时，大概就是这个样子，身在其中而不知觉，我封闭自己，旁人却会觉得你拧巴、别扭、古怪。我妈妈对付我的方

式，就是不理睬我。我后来才知道，那段时间我们母女之所以变得疏离，是因为我妈妈也在经历她人生的低谷期，她自顾不暇。

我的爸爸曾经多次出轨，我的青春期正值父母感情的最低谷。其实，爸爸出轨被我撞见过。第一次，我还在上小学。爸爸领着一个阿姨到小学校门口来接我。他们带我去吃了小笼包，给我买了烤山芋，然后一起回家。爸爸叫我去写作业，我就去阳台上写。过了一会儿，我想吃烤山芋了，便去厨房里剥山芋皮。厨房正对着卧室，卧室的门没关，我看见爸爸和那个阿姨抱在一起……他们也发现了我，一下子从床上坐起来了。我在原地愣了一会儿，然后继续到阳台上写作业。到了晚上，妈妈回来了，我什么也没说。当时，我并没觉得这个事情非常严重。但潜意识里，我却回避着，并且帮着爸爸瞒着我妈。

后来，我爸爸解释说："那个阿姨，她说她丈夫打她，给我看她身上的伤口。"我点点头说："哦。"那是我三年级下学期。这件事就这么轻描淡写地过去了。但那一幕，我永远都不会忘记。所以，如果要论我对父亲的感情，是复杂的。尽管他在外人眼里是成功的，但做女儿的我难以对他有发自内心的尊敬。我的丈夫也有很多缺点，懦弱、畏首畏尾，很多地方甚至不如我父亲，但是，遇到事情，我可以信任我丈夫，却不能信任我父亲。他太自私，放弃了很多应该去珍惜的东西。

我长大了和父亲谈心。我说："我小时候撞见过那个女的，你还记得吗？"父亲点点头，表情很尴尬。后来，我在父母那里又听到了一些女人的名字。有几年时间，他们总是为了同一个名字争吵。那时候我真是恨死"她"了，觉得好烦好烦。他们一吵架就讲这个女的，讲得我头皮发麻。

你说，一个孩子为什么会学坏？那些学坏的孩子的家庭，多半是不和睦的，即使不争吵，也多半会冷战。大人吵架时，小孩一定会觉得不安全，还会觉得有空子好钻。可能因为从小不和父母一起生活，感情不深，潜意识里不喜欢他们，他们的争吵并没有让我感觉心痛，反而觉得"我可以放松、自由了"，起码有一段时间，没有人可以来指责我了。

我在快乐时，总会感到心酸和悲伤

我就这样磕磕绊绊地长大，心里郁结着太多的不满和不顺畅。今年春节，我和妈妈吵了一架。我说："你们年轻时要好的时候，可以不要我；你们有矛盾了，想起我这个女儿了。你们永远只以自我为中心。"我爸说我自私,我对他说:"你有资格说我自私吗?"

当我自己结了婚,做了母亲,我更加同情女性。经过了很多事,我是站在妈妈这一边的。尽管我恨过她,不可能很爱她,但我不能原谅我父亲。我的父亲是一个自私的人,我的第一份工作是因为父亲的原因丢掉的,也因为父亲的原因,我不得不离开家,去了另一个城市生活。这都是后话,一言难尽。

我不是一个完美的人,父母觉得我身上有很多毛病,比如性格敏感、情绪化、没有安全感。我对物质占有的欲望到了病态的地步,我有上百个包包,买回来不用,只是放在那里。因为假如我已经买了这个,就会想,万一它坏了怎么办,于是再买一个来填补,这样,我才觉得牢靠、安稳。

在这个世界上,我最在乎的就是奶奶,奶奶是在我去另一个城市工作前过世的。我好难过,觉得这个世界上再也没有什么人会留恋、在乎我了。现在呢?现在的感觉是,我最亲的父母都在,可我却亲近不了。我问他们:"你们了解我吗?你们知道我是个什么样的人吗?"我妈说:"你就会装。"我不装能行吗?我真实的样子给你看,你能接受吗?我回来看你们,是尽孝道,你们要我干吗我就干吗。我没有同学吗？我没有朋友吗？如果我说我要去会朋友，他们就会满脸不高兴。

我二姨说："你爸妈是世界上最难相处的人，不知道该怎样取悦他们。他们总是这也不满意，那也不满意。"

就在我离开他们生活的城市之前，我爸约我出来。我问他："你爱我妈吗？"他说："可能爱过吧。"我说："你这一辈子，我觉得你谁都不爱。"他说："不，我有一个最爱的。"就是他们以前吵架一直提到的那个名字。

我说："你俩不要闹了，我妈和你过还挺好的，换成任何一个女的，你们早就拜拜了。你作为一个男人都不合格，没有责任心，只有我妈能容忍你。"

是的，我妈从来没有想过和我爸离婚，尽管他们后来不爱了。而我妈从来没有获得过真正好的生活。我的姨妈们说，你爸爸就是你妈的天，你妈不读书看报，不知道外面的世界。

我在用一生弥补我的原生家庭的缺憾。我一直想，哪怕我再辛苦，也要亲自带女儿，不让她离开我。不管她以后选择怎样的人生，我只希望她正常、快乐。不要像我，我在快乐时，总会感到心酸和悲伤。

如果能改变童年，我最希望改变的是，我要过快乐的生活，有父母陪伴的平常日子。我渴望一个普普通通的家庭，没有轰轰烈烈的爱情却平平淡淡相濡以沫的父母。我宁愿很穷，却很快乐。就像我表弟，他比我快乐一万倍。我那早已下岗的二姨那么爱他。表弟小的时候，我妈说："棒棒（表弟的小名）好可怜，你有自己的床、自己的房间，棒棒啥也没有，只能睡在沙发上，我这个大姨一定要给他买一张床。"可是，我觉得他就算睡沙发，也比我幸福一万倍。他无论做什么，二姨都会为他感到骄傲。长大后的他跑保险、做物流，无论他得意还是落魄，父母都把他当宝贝。我父母却从来没有当面表扬过我，也许在背后也夸过我能干，可是当着我的面，他们让我感到，我有什么成就都和他们没什么关系，他们都不觉得有什么了不起。我发表篇文章、举办个画展，也不值得炫耀。他们有一次讲我："你结婚怎么可以不办酒席呢？这是在丢我们的人。"我很奇怪，这是什么逻辑？我和丈夫不偷不抢，在另一个城市里举目无亲，全靠自己奋斗，我们哪里丢你们脸了？

丈夫责怪我说："你对女儿太好了，近乎娇惯。"我说："我只记得从小父母没有变成我头顶的一片天，我要做我女儿头上的一片天。"

那天，我和妈妈吵完，准备带着女儿去住酒店。临走时，目睹了我们争吵的四岁的女儿特意走到我妈妈身边，说："外婆再见。"我妈妈感动了，说："这小东西还是挺好的。"女儿是我和父母之间的纽带。我在她身上看到童年的自己，我没有被满足的愿望都要在女儿身上实现。我的生命中，只有奶奶，她曾经无条件地爱过我。但那段日子极其短暂。我对丈夫说："假如我猝不及防往后倒，倒在人浪里，会有谁托住我？"我常常觉得是没有什么人能接住我的。

正因生命里没有无条件爱我的人，因此，我也不知道如何去恰当地爱。

比如，我没有家人和外人的区别，对遇到的每个人倾注感情。于是，虚弱又茫然的我急于把生命中遇到的每一个人、每一段关系都很当回事，然后，一次次地失望。我就这样活在矛盾的怪圈里。时常觉得家人不如朋友对我好。我生病了，是好朋友把我送到医院的。外人和家人怎么界定呢？家里人不会害你，除此之外，别无其他。难道对我好的底线就是不会害我吗？这让我悲哀。我不知道应该对家人有多好，也不知道该对外人有多防备。外人一直说我好，对我和善又客气，为什么我的父母却总是批评我："你看人家的孩子……，你又……"教我画画的老师说我聪明，在父母眼里的我却平庸不堪。家庭聚会时，我妈动不动就会说："和我比，她差得远了。""她不像我，她像我就好了。""不像我，那是因为和我待在一起的时间太少了。"我感到愤怒，二姨就在桌子下面踢我，悄悄跟我说："幸好你没有像她。""你妈妈在家里是老大，永远觉得自己是对的，她习惯了强势，她的世界就这么点大。"二姨说。

其实，我妈妈也是可怜的，她一辈子都没有得到我爸爸真心的爱。她只是活在自己的梦幻里。

很遗憾，家，不是一个让我感到松弛的地方。即便到了现在，我四十二岁了，每次为了回去探亲都要紧张半天。回到家，我妈妈总会评价我的穿着"不好看，不稳重"。但是，我妈妈再也不可能改变了。同样一件事物，她总是看到消极的一面，别人看到的，也许是正面的。就像我的女儿，别人评价她活泼聪敏，而我妈妈看到的却是任性和娇气。

我对女儿说："这个世界上再多的人肯定你，如果你妈妈不肯定你，一点意义都没有。反过来，这个世界上，所有的人都否定你，但是妈妈肯定你，这才是最重要的。"

写在边上
挣扎也许是生命的常态

认识圆圆不久,便猜测她是一个有童年故事的人。她美丽精致,热情而美好,看似明朗幸福,却脆弱敏感得犹如草尖上的露珠。她的泪水来得轻易,去得似乎也轻易。她偶尔在朋友圈里独语,她的叹息每每触及我的心弦。于是,我找到她。我问:"可不可以访问你的童年?"

感谢圆圆。她是如此坦诚,将童年和青春的晦涩与曲折和盘托出。那些话,或许更应该对她的父母倾吐,但是,即便倾吐了,除了徒增年老父母的内疚,又当如何?

圆圆说,她的妈妈幸福指数很高,感情粗粝,甚至麻木,这样的性格令她免受伤害。而圆圆自己却一直在挣扎。圆圆还说,感谢过去,如果没有艰难的成长,不会对现在的失败和伤痛释然。"没有人比我更懂得什么叫痛和失去。很多人的无病呻吟对我来说都是扯淡。"圆圆说。

可我知道,痛苦不能比较。即便在旁人眼里再微小的痛苦,都可能伤害一个无助的小孩子整个儿的世界。

我还知道,圆圆的父母并没有学习过做父母,他们或许自己也曾拥有过一个千疮百孔的童年。我们只能在他人的故事里,反省,总结,指点江山。

我问圆圆:"如果此刻,你的面前坐着小时候的你,你想对她说什么?"

圆圆想了想,说:"我想对她说:'你尽了最大的努力,已经成为一个比你想象的更好的你。'"说着,她有些得意地笑了,她的笑里有释然。

圆圆反思着自己的故事,为了让自己的女儿免受与她相似的创伤。这恐怕正是她愿意接受我访问的勇气来源。毕竟,只有战胜了自己,真正地面对了自己,才有可能重新出发。

我想对圆圆说:"挣扎,也许是生命的常态。每个人在挣扎中接近遥远的理想彼岸。如同你,也如同我自己。"

我想回到那个小姑娘那里,拉她一把,但是无能为力

受 访 者 | 曹红燕
职　　业 | 外企管理者
出生年份 | 1975 年

那阳光啊,绚烂得几乎要迷了我的眼睛

你问我是什么时候真正告别童年的?唉,很多人是慢慢地不知不觉地和童年作别的,我却是断崖式的。那一年,我十一岁。

我有过明晃晃的阳光灿烂的童年。那阳光啊,绚烂得几乎要迷了我的眼睛。

我的爸爸妈妈都是乡村教师,我们就住在学校的院子里。生我的时候,妈妈已经四十岁了,我是家里最小的女儿。大姐整整比我大了十一岁,我出生的时候,二姐也已经上小学了,哥哥呢,他比我大三岁,但他自以为是个男子汉了,特别嫌弃我,不爱带我玩儿。我俩经常打架,争东西吃,抢着去大人那里告状。和哥哥打打闹闹的日子也是快乐无比。

我五岁就上学了,之所以去上学,是因为一个意外。

我们家是一排平房,门前有一口井,井台和地面持平,没有安井架。一天晚上,那个月夜天色不是很亮,我和邻居家的小姐姐在井台边玩,我记不清是故意的还是不小心,突然在井台边打了一个闪失。站在旁边的妈妈吓坏了,一把将我抱在怀里:"差一点,你就掉进去了,要是掉进去了怎么办哦。"她数落着,井台离我们家这么近,也没有井架,学校也不管管。许是因为后怕,担心我一人在家时发生意外,没过几天妈妈就安排我直接插班上学了。

回想起童年时光,我的心里总是暖暖的、甜甜的。哪怕差点掉进井里,我记住的也不是惊吓,而是妈妈绵软的怀抱。那些时光啊,在今天的我想来,仍然如同香喷喷的刚出炉的白面包——

天总是很蓝,风总是很和煦。妈妈在教室里给学生们上课,写板书,我蹲在教室门口玩小石子儿,一抬头,就看见边上浅浅的沟渠,那里面养着小鱼儿……不知不觉,一节课就过去了,操场中央的钟当当当地敲起来,妈妈从教室里走出来,四处找我,我躲在大树后面捂着嘴巴偷偷地笑……

上了学,我被安排在妈妈的班上。妈妈不但教语文,还教数学。有一天,正上着课,她不停地咳嗽起来,咳得没法说话。我坐在下面,心里干着急。忽然,眼前出现了一幅神奇的画面，我的姥姥出现了，她的手里端着一杯水，从教室后窗把药递给了妈妈。那幅画面，让我觉得好温馨，好安妥，即便是坐在教室里，也感觉像是在家里一样……

一年级的时候，妈妈用硬板纸做了一个表盘，教大家认识钟表时间。可那个表盘对我来说如同天书，我完全不知道那是什么意思。"为什么这个就是四点钟啊？为什么那样就是两点一刻？"我想破脑袋都无法理解。有一次，妈妈跟孩子们做了一个游戏，她在表盘上设定好不同的时间，请每个同学上去悄悄在她耳边说出是几点，然后就可以回家了。我在下面如坐针毡，因为我根本不知道。轮到我了，我磨磨蹭蹭地走到妈妈身边，凑近她的耳朵，可是，我什么都没说，只是喊喊喳喳乱说了一气。妈妈听了，没说什么，还是放我回去了。我灰溜溜地回了家，心里第一次感到了沉甸甸的内疚。"所有的同学都能告诉妈妈答案，只有你不能。"我的心里一直响着那个声音……

后来，妈妈又教我们学习刻度。我始终搞不明白米、厘米、毫米的区别。妈妈布置了一项家庭作业，让我们各自回家量身高，第二天报给她。第二天，大家纷纷向妈妈汇报。轮到我了，我站起来，说："我，一厘米。"同学们哄堂大笑。那天回家，从来不责怪我的妈妈批评我了。可对我来说，搞清楚那些距离单位比登天还难。妈妈不了解，五岁的我提前上了学，心智发育远远达不到别的孩子的水平……

虽然有委屈、无助和内疚，可是，回想起来，即便是妈妈的责备也那么珍贵和美好。

妈妈清淡得好像一幅中国水墨，小眼淡眉，留着齐肩的短发，脸色总是蜡黄蜡黄的，高高的个子，单薄得好像纸片。妈妈体质敏感，患有气管和支气管炎，经常发哮喘。后来，她不再教课，校长安排她在图书阅览室收发报纸和书刊。妈妈的体弱多病，让我们习以为常。印象中，经常看到爸爸带着妈妈去医院，拿药、煎药、吃药。妈妈是家里的重点保护对象，每天早上，姥姥都会拿一个鸡蛋磕在搪瓷缸里，打散，搁入香油和糖，用刚煮沸的开水给妈妈冲鸡蛋花喝。姥姥说，鸡蛋花补身体。全家人只有妈妈能享用。有时候，姥姥会舀一勺给我尝尝，我踮起脚尖看茶缸里的鸡蛋花，它们被冲成薄薄的一片片，黄白相间的，好像田野上盛开的酢浆草花……我们家的厨房里还养着一罐红茶菌，舀上几勺，放点糖，喝起来酸酸甜甜的，据说这东西可以抗氧化。这个也是专门为妈妈准备的。

妈妈有双巧手，她参考挂历上的上海时装，亲手给我做了粉红色的泡泡袖纱裙，还给我织了件鹅黄色的毛衣。老师们轮流把我叫去办公室，研究妈妈的作品。我觉得特别骄傲。爸爸在院子的空地里,种上了番茄、豆角、黄瓜和茄子。夏天的时候,我在睡眼惺忪的午后醒来,总能看到桌上放着妈妈洗干净的黄瓜或者西红柿。我和哥哥一人分一半,带着下午书法课的毛笔和砚台,踩着蝉鸣,穿过斑驳的树影,走向绿荫掩映的教室……

哦,童年的记忆就是这么琐碎又温馨……

有一天,我们兴奋地得知,有一个贵客要来我们家了,那贵客是我的三姥爷,从省城济南来。这对我们全家来说,是一件了不起的大事。三姥爷刚刚退休,想回家乡转一转。他先是给爸妈写了封信,表达了来乡下的愿望。爸爸妈妈马上热情地回了信,介绍了家里的情况,还寄去了一包板栗。三姥爷又回信说,吃到板栗了,好甜啊。爸爸郑重其事地给全家展读了三姥爷的信,有一种仪式般的庄重感。哦,要来贵客了,得把这个家好好整一整。清理灶台,换洗窗帘,粉刷墙壁,迎接三姥爷的工作干得热火朝天。我们的家焕然一新!贵客终于到了。果真是贵客啊!三姥爷说着一口标准的普通话,穿的是衬衣和皮鞋,还带了娇滴滴的儿媳妇和可爱的小孙孙。那小孙孙抱着变形金刚。他们的到来,让我们家有了全新的气象。他们还带来一旅行箱的好吃的。印象最深的是奶油糖,我们在家吃的不过是水果糖而已。哦,还有一大块方蛋糕。我们珍惜地小心地一块一块切着吃，好香，好松软……

面对文质彬彬的三姥爷，穿着嫩黄衬衫、烫着头发的儿媳妇，我们在兴奋的同时，还感到了自己的卑微。儿媳妇在发出"这里居然没有自来水"的惊呼时，有一种异样的感觉爬过我的心。面对光鲜的他们，忽然地就对比出了我们的暗淡。虽然，我也曾经以为自己的生活是光鲜无比的。

三姥爷他们离开后不久，爸爸妈妈在县城里找到了新的工作机会，那是一个教师进修学校。我们要从乡下进县城了！

搬家的时候，我还抱上了我的小黑猫。它是我的玩伴，我成天抱着它，出去玩，也把它放在帆布包里，露了一个口，带着它四处游荡。我带着它到了新家。但我没有想到，之后我们相处的日子不会很长了。

我们的新家依然是学校的家属院。到了新家后，小黑猫命运多舛，我曾经两次把它从死亡线上救回来。

第一次，它在外面吃了耗子药，挣扎着回家，躺在房子下面的阴沟里，一动不动。我蹲在阴沟旁边，够不着它，只能哭着用小石头轻轻打它一下，它抽搐了一下，它还活着！门房老头帮我从阴沟里把小黑猫捞了上来。他说，仙人掌能够救它的命。正好，墙根里就种了仙人掌，我截了一段,用蒜臼子捣碎了,用手指卡着小黑猫的嘴,把仙人掌汁给它灌进去。奇迹出现了,没多久,小黑猫睁开了眼睛,它站了起来,慢慢地踱着步,走到了水井旁一个削平的树墩子上,蹲在那里……

后来,它又吃了一次老鼠药。它在我面前呕吐,呕吐物里有小老鼠的腿骨。我又拿仙人掌汁灌它,它再次活过来了。

还有……第三次……那是给我妈妈做完"头七"的当天晚上,它没回家。从此,它再也没有回来。我不知道它去了哪里,是死了,还是被别人截留了。它留给我一个没有结尾的结尾,同我的妈妈一起在我的生活里消失了。

可是,我的指尖分明还遗留着卡在它犬齿里的尖锐而温暖的感觉,还嗅到带皮的仙人掌汁液略微刺鼻的草腥味儿……

它一直在我的记忆里。它跑出去玩,和别的猫打架,叫春,它在地上晒太阳,把肚皮翻给我看,我抱着它,抚摸它光滑的毛皮……

原谅我拉拉杂杂说了这么多,它们也许无关紧要,可对于我,每一个片段都很重要,都是那么五色斑斓。如果你不激活我,它们都沉睡着,可我知道,它们一直在那里,清晰得仿佛昨天。那些镜头不唤自来,像叶子一样在我的记忆里纷飞。

那是一个蜡像，那不是我的妈妈！

我是在十岁那年搬的家，半年以后，转年的大年初七，我的妈妈就病故了。

当妈妈活着的时候，尽管她体弱多病、弱不禁风，我从来没有担心过妈妈会离开我。生病的妈妈，是生活里的常态。常常地，她喘不上气来了，然后，爸爸用自行车驮着她去医院看病，每回，她都能好端端地回来。妈妈的弱是她的标志，我从没见过她真正狼狈悲惨的病容，因此也从不会感到紧张和害怕。我十一岁以前的生活里遍布着阳光和欢乐，还从来没有尝过发愁和忧伤的滋味。

我掐着指头盘算，过了年，我就十一岁了，过完这年暑假，就要上初一了。未来的日子正跳跃着朝我奔来。

这是一个和过去一样普通的喜庆的春节。大年初七，一个和往常一样的北方响晴的冬日,对联的红色还没褪去，天光亮得晃眼睛。上午九点钟的光景，我在衣兜里装满了奶油葵瓜子,拿着小篮子和小铲子出了门。我要去挖野菜！出了家门，就是麦田。冬小麦在暖阳下油油地闪着光，田垄边已经冒出了一拨新绿，小篮子里不一会儿就装满了野荠菜。我找了个墙根坐下，把小篮子搁在一边，边嗑瓜子边晒太阳，顺带想想心事。又过了好一会儿，兜里的瓜子嗑完了，我站起身，拍拍屁股上的松土，准备回家。

走到校门口，远远看见我爸爸骑着二十八英寸的自行车穿过学校的操场，后座上坐着妈妈。"带你妈妈去看病！"爸爸说。我冲他们抬起小篮子，骄傲地说："妈妈，你看！"妈妈说："嗯，好孩子！"一切如常，我和他们擦肩而过。我想，过不了多久，爸爸又会带着妈妈回家，我们可以一起吃中饭。早晨姥姥说啦，中午吃烙饼，我要在烙饼里卷上加了荠菜的小豆腐。这么想着，我欢天喜地地回了家。

但是我和姥姥左等右等，都没有等到妈妈和爸爸回家。

当天发生的事情，是后来爸爸断断续续讲述的——

大年初七，医院里冷冷清清的。值班医生给妈妈做了青霉素皮试，妈妈并不知道自己青霉素过敏，不多会儿，呼吸就急促起来，妈妈捂着胸口叫爸爸的名字，喘着气说："我不行了。"爸爸慌了，楼上楼下找医生，但是医院大楼空荡荡，找不到任何可以救命的医生。就这样，前后不过二十分钟，爸爸眼睁睁地看着妈妈在他面前断了气。

这是一次医疗事故。

那天的白天好像特别长，哥哥姐姐们不知去了哪儿，只有我跟姥姥在家。到了下午四五点钟光景,学校领导来了,他们避开我,跟姥姥说:"庄老师……在医院里不太好,正在抢救。"他们说得很婉转。

"妈妈在抢救哦,妈妈的病一定好严重,我该怎么办呢!"我趴在沙发上哭,眼泪把沙发的皮革打湿了,连晚饭也没有心思吃了。

天很黑了,我和姥姥一直没有等到最后的消息,也不见姐姐和哥哥回来。于是我想,爸爸、姐姐和哥哥一定都在医院里陪着妈妈,妈妈彻夜在抢救。

约莫到了八九点,我哭得有些累了,迷迷糊糊地睡着了。蒙眬中,听见床头有人说话,原来是舅舅和表哥。他们的表情沉重又严肃,默默地看着我穿好衣服,然后,带着姥姥和我坐上了一辆车。

我上了车还在想,妈妈的病好严重,妈妈在抢救。大概只坐了十分钟的车,可我觉得那十分钟好漫长、好难挨。大人们都不说话,车里的空气重得像石头。

可是,车并没有开到医院,而是把我们拉到了舅舅家。一进家门,发现里头坐满了家族的长辈。见我们到了,最年长的舅姥爷上前对姥姥说:"这个,维华啊,早就熄了。"他用了"熄"这个字。这是他说的第一句话,之前我没听过这个字,但我立刻就听懂了。舅姥爷的神态,姥姥的哭声,所有人的表情,都让我立刻懂了。可是之前,我一直在想的是"妈妈正在抢救"。妈妈怎么就"熄"了呢?我一下子觉得无法应对了。

这是真的吗?之前,妈妈也无数次地喘不上气来,无数次跟爸爸交代后事,但每次她都变得好好的。我还记得,有一回,我放学回到家,看见妈妈躺在床上休息,她的脸色白得像纸。我搬个小板凳,坐在她面前,说:"我给您唱首歌吧。"我唱的是刚学会的朱晓琳的《妈妈的吻》。妈妈听着听着,把脸转了过去。妈妈哭了。

我现在四十多岁了,妈妈去世时是五十岁。我到了这个年龄,有了自己的家庭和孩子,才能想见妈妈在那个年龄离开,该有多少不舍和遗憾。可是那天,妈妈一句话也没有留下,就永远离开了我。

当夜,我和姥姥睡在一张床上。姥姥整晚都没睡,一直在抽泣,我也一夜昏昏沉沉。第二天一早,我们去医院太平间,和妈妈做最后的告别。舅妈给我梳了一个奇怪的发型,死了妈妈的小孩,都要扎一高一低两个辫子,还在辫子上缠了白布。我被大人领着,穿过医院的走廊,走向太平间。来了很多人,他们看到我就哭了。我听见他们说,庄老师还有个这么小的孩子呢。太平间里简陋至极,面前一张一人宽的水泥台,上面还有可能是车祸死去的人残留的血迹，我的妈妈躺在上面，穿了一身临时置办的灰套装，穿着黑棉鞋，还戴了一顶毛茸茸的帽子，脸色蜡黄蜡黄。

我无法接受眼前的妈妈。那是一个蜡像，那不是我的妈妈！那时候，如果只有我一个人和她相处，我一定是不哭的，一定是高度怀疑的。是的，我不相信，不相信不认可就不会有悲伤。因为那不是我的妈妈！可是那一刻，我被周围的哭声包裹和挟持了，我只能用撕心裂肺的哭泣来表达所谓的"正常反应"，但我在哭的时候，仍在怀疑：不对！这一切都是幻觉，是在演戏！妈妈马上就会坐起来跟我说话！

我后来知道，悲伤的情绪其实是来自心理上的认同。只有接受了现实才会真的哭泣，各种夜不能眠、泪湿枕头，那才是悲痛的表现，因为你接受了。

在妈妈的葬礼上，我只知道自己应该哭，但我的内心不接受。我夸张地跑上去，抱住妈妈。但所有人都拉住我。"不能抱。"他们喝止我。触摸死去的人在葬礼上是忌讳的。我无法触摸到妈妈，我连最后亲近她的机会都没有。我好想用自己的脸贴一贴妈妈的脸，可一旦靠近了，马上就被人拖走。我挣扎着，挥舞着双手，我的手带倒了守灵的香烛……哦，这是最大的遗憾。我被套路化了，配合着各种符合葬礼的礼仪,十一岁的我就是这样想的。

接下来是火化。漫长而艰难的等待,终于等到哥哥抱着骨灰盒低着头走出来。我迎上去,哥哥和我说了一句话:"妹妹,妈妈从此就没了。" 他从来不叫我妹妹,这次却破天荒叫了我一声。调皮捣蛋的哥哥瞬间长大了。

我们埋葬了妈妈。下葬那天正下着大雨,满地泥泞,世界末日一般。我穿着白色的孝服,跟着送葬的队伍,走在深一脚浅一脚的泥地里。队伍前面的爸爸回过身来,我看见他的脸色蜡黄蜡黄。抬起头,灰黄的云伴着雨丝从天空飘过……

我们让继母有了自己的家,但我的爸爸却失去了我们

我的童年彻底结束了,没有缓坡,没有过渡,断崖一般,戛然而止。

从此以后,姥姥留在了舅舅家,再也没回到我们家。除了妈妈的去世,没有了一直在身边照顾我的姥姥,也是我的童年结束的原因之一。

出于照顾,组织上安排大姐进了县城的学校教书,还让正在读高二的二姐辍学顶替了我妈妈的工作。我佩戴

着孝布回到校园，一切都变了。

妈妈去世第一年的中秋节，家里冷冷清清，愁云惨雾。这时候，我二叔来了，二叔是个逗趣的角儿，他说他来陪我们过中秋。说着，他拿出一根棒子粗的胡萝卜，将中间挖空了，倒上油，插上一根灯芯，用火柴点亮了。这个惨淡的家顿时被胡萝卜灯照亮了，照暖了。大姐站起来，高兴地说："我来和面，蒸馒头吃！"凝滞的空气活泛起来。大姐在客厅的桌子上揉面，二叔在和爸爸聊天，胡萝卜灯的火光映在天花板上，一跳一跳。我在心里默想：我数五十下，妈妈就会突然走进来。妈妈没有扔下我们，奇迹就会发生在我们身上。我闭上眼睛，一直默数着……但是，睁开眼睛，妈妈没有出现，奇迹没有发生……

二叔的胡萝卜灯却留在了我的记忆里，永远地。大姐事后跟我说，那天晚上，她所有的眼泪都流在和的面里了。

就这样，我和姐姐、哥哥们互相支撑着，故作老成懂事，听着别人的同情和议论，我学会了面不改色。每个人都有意无意地维持着生活应该有的正常样子。晚上虽然以泪洗面，但不会夜不能寐，我的身上依然保存着属于孩子的玩心。

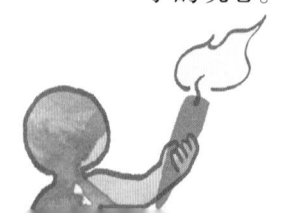

可是，爸爸却迅速衰老，那个永远坐在桌前写写画画、研制土法教具的爸爸不见了，现在的爸爸总是神思恍惚，萎靡不振。于是，爸爸的同事们走马灯似的给他介绍各种对象，丧偶的、离异的、未婚的，但总是不成。"日子还得过！"他们这么劝爸爸。

但是爸爸总遇不上合适的。好几次，学校领导张罗着给爸爸相亲，在我们家大宴宾客。两个姐姐在厨房里炒菜，我冲进去说："爸爸为什么要找新妈妈呢？我们现在这样过不是挺好吗？"大姐心平气和地回我说："我们几个总有离开的时候，爸爸需要有个人照顾他呀。"

三年后，继母终于来到我们家，她比我爸爸年轻了二十岁。

那是一位性格、样貌和我妈妈迥然相异的女性。她出身农村，性格泼辣，目不识丁，很年轻时就单身闯关东，在那里结婚，生子。后来，她的丈夫出工伤事故死了，她带着一个八岁男孩，不想在东北再嫁，一心想回老家，于是找到了我爸——一个郁郁寡欢中年丧偶的老教师。

当确定这个陌生人即将"入侵"我们家时，我当着所有人的面大闹了一场。"我不愿意，爸爸，人们都说，有了后妈就有……"我哭着说。爸爸看了一眼年轻的继母，喝止了我。"有了后妈就有后爹。"后妈接上我的话，接着说："我来你们这个家，也是担子很重的。你们都没成家，我不是来享福的。"爸爸在一边打哈哈，对继母说："红燕还小，还不懂事。"我反驳说："我怎么不懂事，我们这么过不是很好吗？"

两个姐姐和哥哥保持沉默。我后来想，爸爸也许已经和他们沟通过了，但不知为什么，他没有和我沟通，也许因为我是家里最小的孩子？因为我个性强烈？不管出于什么原因，那一天，我让爸爸手足无措。民间所有关于继母的传说都令我感到恐怖，我本能地抵抗着这个年轻的陌生的入侵者。

然而，大闹一场后，事态并未改变。后来，继母评价我说，红燕小小年纪，脾气那么大，性格那么烈。

以抵御姿态进入的关系，必定充满了疙瘩、磕绊，即便称得上片刻愉快时光，那也是被粉饰了的愉快。我们让出了我们的爸爸，让出了家庭里所有的决策权。我们让继母有了自己的家，但我的爸爸却失去了我们。

爸爸五十三岁，继母三十三岁，我十四岁。这是一个危机四伏、随时可能发生冲突的家。我向大姐和二姐抱怨，爸爸为了再造家庭的融合，却牺牲了我们。从那时起，我和哥哥开始住校，周末才回家。从此，我开始了漫长的寄宿生涯。爸爸维持着我们最低水平的学费和生活费,两个姐姐成了代理妈妈,我事无巨细都去麻烦她们,而想不到寻求爸爸的帮助。大姐、二姐、哥哥和我,我们四个孩子明明有自己的家,却变相地被抛弃了,飘零了。我二姐有一次和爸爸发生争吵,愤怒地控诉他:"你真的没有必要为了你自己的家庭抛弃四个还不能自立的孩子,你把我们抛弃得太快了!"

爸爸再婚的后遗症是,成年后的我总是想不起联系他。爸爸抱怨我:"你怎么连个电话都不打?"我在心里无奈地叹息。我不知道现在的爸爸过得是否幸福,爸爸的幸福岂是我能左右的呢?

哦,再说说姥姥,曾经像妈妈一样温暖过我、宠爱过我的姥姥。她留在舅舅家以后,和舅妈相处得并不好。我几乎每周都会去看她。每回去,姥姥都会笑眯眯地拉开抽屉,把留了一个星期的零食塞给我……可是,大二那年暑假,忙着恋爱的我心被装得满满的,没顾得上去看姥姥,就匆忙返校了。就在这年的秋末,姥姥去世了。夏天的时候,她一定盼着我去看她。她的门前有一个石级,她总是扶着门框站着,那儿都被她扶黑了……姥姥去世,舅舅竟然没有告诉我。事后我才知道,年过九旬的姥姥身体衰竭了,送到医院后,她执意要出院,回老家。到了老家,姥姥默默地躺在床上,整整七天滴水不进。她是故意生生把自己饿死的……哦,我的姥姥……

写在边上
生命初始最美的图画

有时候,我们害怕回忆,却总是陷入往事。不管在什么时刻、面对什么样的人,我们会强调自己是个大大咧咧、不藏心事的人。倘若聊到童年的话题,也许会说:"小时候的事情不记得了。"我们没有撒谎,因为我们是在努力忘却,因为,那也许是一些灰暗的记忆。可是,越想忘却,却记得越清晰。

人的一生是否能真正获得幸福感,从心底里接纳和认可自己,跟小时候的经历有很大关系。不管你长大后变得多强大,童年阴影都会藏在阴暗处,在你的孤独时分令你虚汗淋漓。

荣格说:"一个人毕其一生的努力就是在整合他自童年时代起就已形成的性格。"罗曼·罗兰在《约翰·克利斯朵夫》里写道:"有些儿童的爱与恨的高潮是大家想不到的,而那种极端的爱与恨就在侵蚀儿童的心。这是他童年最凶险的难关。过了这一关,他的童年结束了,意志受过锻炼了，可是也险些给完全摧毁掉。"余华则这样说："一个人的童年是决定他一生的，世界给我们的最初图像就是在这时候出现。每个人其实都一样，童年会左右他的人生，虽然他长大以后可能会做这样或那样的工作，但无论他做什么，世界的图像是不可能更改的，充其量只是做了一些修改而已。只不过有些人修改得多一点，有些人修改得少一点。决定命运的最好时机就是童年。"

当写下曹红燕的故事，距离当时的倾听已有一些时日，但我仍旧又一次泪湿眼眶。那个夜晚，当我与她告别时，我对她说："感谢上苍，至少在十一岁以前你拥有难得的明媚与幸福，那是你人生最初的图画，足可以享用一生。"十一岁以前的时光啊，五彩斑斓，温暖绚烂，满溢的幸福给日子涂上了蜜糖。如果说，生活总是充满了无奈与遗憾，我们仍要感谢命运，曾经给予这个女孩儿满足和幸福。那幅生命初始的美妙图画铺就了一条通往未来的金毯，它足够坚实，也足够明亮，它能提供惠及一生的护佑，并且永不褪色。从这个意义上说，曹红燕拥有了他人没有的幸运。

> 我想回到那个小姑娘那里，拉她一把，但是无能为力

郑重地告别,与那些童年的过往

受 访 者 | 慕容小雯
职　　业 | 市场营销
出生年份 | 1977 年

❄ 我一直为童年时的没有道别耿耿于怀 ❄

我的父母原先想要一个男孩子,结果生下我,又是个女孩。我上面还有一个姐姐,她特别漂亮,是个公主型的女孩。我生下来却特别丑。我妈妈看到我第一眼就说:"这不是我的孩子。"我就丑成那个样子。

你说我不丑?那是后来修的,靠阅读改变了我后天的容貌。我生下来的时候,用上海话说,我的脸就是"一只踩扁了的汤婆子"。和我妈妈邻床的产妇是农村来的,生过三个儿子。我父母想把我和她刚生下的儿子对换,但我奶奶不同意。后来,我妈看见那家人家的孩子都穿着打补丁的衣服,知道他们穷,也就没舍得把我换过去。如果他们不穷,说不定,我就给换走了。

我小时候父母就经常给我讲这事,当笑话讲,全然不顾我的感受。母亲生下我,就回了她工作的地方安徽池州。我跟着奶奶在乡下生活，长到三岁时，奶奶得了乳腺癌，父母才将我接去了身边。

虽到了父母身边，但我是放养的，和他们不亲。心理学上说，孩子三岁前不能离开父母，这些道理我现在才懂。但这不怪父母，我是个女孩，如果我是男孩，也许他们就不会放养我。

直到现在，我和父母之间都有一道看不见的"安全线"。出门时，我一定不会挽着他们，即便平时无意识的身体接触，都会觉得别扭。跟我妈还好，跟爸爸的心理距离更远。

父母工作的地方是大山里面一个封闭的兵工厂，造飞机大炮。那是一个小社会，什么都有，医院、学校、电影院、图书馆、溜冰场、游泳池，一撒脚丫子就到了乡下，我们常和乡下小朋友一起玩。我最要好的朋友，是楼上的一对双胞胎姐妹。

20世纪80年代中期，这个兵工厂被合并到了上海锅炉厂，整个企业的职工举家回迁。那时，我还不到十岁，并不知道离开那个熟悉的地方意味着什么。

那是1986年夏天，开学我就该上三年级了。那个夏天过得特别烦乱，家里堆满了打好包的家具和行李，好像一个仓库。有一天，妈妈跟我说："车来了，要走了。"

之前，父母从来没有跟我细心地解释过我们的去向，也从来没有告诉过我，搬家意味着什么，离开意味着什么。

妈妈说这句话时，我正站在窗口张望。楼下有一个游泳池，我远远望见双胞胎姐妹俩正在那里游泳。我的脑子里闪过一个念头，去和她们告个别吧。然后我下了楼，从门口路过游泳池，看见她俩正要从池沿上起跳。她俩一边做出伸展跳跃的姿势，一边回头看了我一眼。就这样对望了一下。我忽然想，算了吧，等以后回来，再正式告别。于是，转身走回去了。

然后，我们便搬走了，坐着汽车回到了上海。走的时候，我懵懵懂懂。以前每年放假都会回上海，我以为，那种搬迁也和以前回上海过暑假寒假一样，还是要回去的。但没想到，这一走再也没能回去。

回到上海一些日子以后，才突然发现再也回不去了。父母应该告诉我再也不回去了，我完全没有准备好。家里整理东西的时候我一直不知不觉，家具是后来跟厂车一起搬回来的，我们只是带着行李，像平时过寒假暑假那样回了上海。

我无数次悲伤而绝望地想：我没有和好朋友告别啊……每每想到这个，就克制不住地流泪。从幼儿园开始，她们就是和我特别要好的发小，我连一句道别都没有和她们说，就不声不响地逃走了。后来，我给她们写信，也石沉大海。以后很长一段日子，我老是梦见那两个小伙伴，想起和她们天天黏在一块的日子：我给你编辫子，你给我染指甲，我到你家吃饺子，你到我家吃馄饨。

过了很多年，我才知道，我走后的一年，她们也回了上海，但我不知道她们的地址。又过了很多年，有了开心网，终于联系到了姐妹俩，其中一个嫁到了英国，生了两个孩子。但那个时候，已经完全找不到童年的那种亲密感觉了。在开心网上聊天的时候，恍然觉得彼此都不再是过去的你我。

这么多年，我一直为童年时的没有道别耿耿于怀，一辈子都无法原谅父母。他们应该告诉我：我们永远不会回来了。

但他们永远不可能意识到，也不可能理解我的心情。他们的情感太粗糙了，在他们眼里，小孩子就像小狗小猫一样，不需要平等地对话，不需要和他们去解释大人对这个家的打算，我们必须被动地接受和跟随，就好像家里的一张小桌子，家搬到哪里，桌子也搬到哪里。因为桌子没有思想，更没有烦恼。可是，小孩子很需要细腻的情感关照啊，他们不明白。

我妈妈是一个懦弱的好人，爸爸是一个极其强势的脾气粗暴的人。父爱的缺失，影响到我的择偶，我二十岁就结婚了，然后很快又离婚了。少女的时候，我一心想离开这个家，但是我不知道怎样才可以离开家。

这是一个粗暴而冰冷的家，天天可闻争执和吵骂。奶奶和妈妈，爸爸和妈妈，他们总是处在争战中。奶奶重男轻女，生病后和我们一起住，她把我爸爸当个宝，老是挑我妈妈的刺儿。妈妈是特别好的人，我又是奶奶带大的，夹在里面很尴尬。

我是双鱼座，非常敏感，一点点不和谐的气息都会感受到，时刻想逃离这个窒息的家。当年有什么具体的细节，我都忘记了。可是，那些细微的感觉至今记忆犹新。我一踏进家门就会感到胃不舒服，必须站在门口深呼吸，才能走进去。这个家，有呵斥，有争吵，不知道什么时候突然地我就做得不对了。小时候，爸爸上来就打耳光，长大了，不打了，就对着我骂粗鲁的脏话。我的爸爸不是我理想中的样子，但我无能为力。他打牌，赌钱，出去吃个饭，明明有骨盘，也会把鱼骨头吐得满桌都是。

爸爸老是骂我妈。妈妈的腰摔坏了，躺在床上，爸爸却不管她。我不明白，不相爱的两个人，说话总是恶声恶气的两个人为什么要结婚？我上四年级时，有一次，无意间在抽屉的夹缝里翻到一张父母起草的离婚协议书，心里竟生出了窃喜。我多么希望他们能分开,开始各自的生活,幸福的生活。但他们终究没有离。长大后,我对妈妈说,我同情她的懦弱,曾经在心里罪恶地盼着他们离婚。我妈妈说,他们不离婚是为了我和姐姐。可是,我却想,如果我是在离异家庭长大,或许会成长得更好。而我的家,外人看上去圆满和完美,我却过成这个样子。有句话叫作"溺死在黄金水里",我便是如此。

我曾经希望自己和姐姐能相互支撑,但是,姐姐虽然在我身边,却不喜欢我。我从不觉得自己有个心心相印的姐姐。她从小是外婆带大的,我回到上海,生活在一起了,姐姐觉得那是对她的侵犯,她本能地排斥我。

❀ 家人无法逃脱,我无处还手和反击

回想童年,我还想到一个词:窘迫。上小学时,每个月的点心费,我都是班上最晚交的那个,父母要凑钱才能交上。老师让我们买《365夜作文》,一本八块钱。老师问:"能买的小朋友请举手。"三分之二的小朋友举手了,我没举。老师又说:"我们上课要用的,想买的举手。"于是,全部的小朋友都举手了,我还是没举。老师便说:"不要以为自己作文写得好就不买。"我低下头,

很难过。但我还是不能举手，因为我知道举手意味着什么，意味着面对妈妈为难的表情，还可能遭遇父母的争吵甚至是动粗。后来，我抄写了整本书，抄得昏天黑地。从此，我对抄写深恶痛绝，连字也写坏了。

前几年，我跟妈妈聊天。我说，那时候我们家经济条件不好。我妈说："不会啊，每月领导都发奖金的，我们也有积蓄。"我说："那你为什么不告诉我？"我没有把抄书的事情说出来，我觉得那是个笑话。定格在我童年的记忆里的，是父母付钱时的为难表情，因此我和姐姐从不伸手要钱。其实，过日子也是需要智慧的，很少的钱，也能过有尊严的日子。比如一碗冷饭，只要放点青菜炒一炒，就很好吃了。我成年后想，父母是否应该把经济的窘迫全部展现给自己的孩子看呢？更或许，他们实际并没有你想象的那么窘迫。

高考前，我的妈妈住院了，家里一片混乱。高考时我完全失利，连最拿手的作文也写得离题万里。考不上大学，我便巴望着早点上班，这样，就不用天天待在家里了。

我长在一个奇葩的家庭，姐姐不像姐姐，妈妈不像妈妈，爸爸不像爸爸，亲戚不像亲戚。这样的家庭给我提供了太多负面的东西，我需要用一生来为自己的成长期做修正。外人再怎样，我都无所谓。但家人无法逃脱，我无处还手和反击。因为他们是我的家人。

高考失利后，我在家里待了六年，在父亲开的小公司里帮忙。期间，我的胰腺出了问题，胰腺头这里，说不出的不舒服，必须佝偻着身子才行。我瞒着家人去看中医，医生说："得胰腺病的人多半是吃饭时生气造成的，姑娘，你受了很多委屈啊。"我苦笑。这六年里，我将所有的业余时间都寄托在阅读上。去图书馆借书，一个星期能看七八本书。是阅读改变了我，没有让我变成一个仇视生活的人。我在现实生活中的缺失，在书里得到了满足，我的怨气和困惑也在书里得到了发泄和解答。

五个问题

❶ 假如童年重新来过，你最希望做什么？

好好告别。

告别一个人，告别一件旧物。那个我童年生活过的地方，家门口种下的小冬青树没有告别，藏在石头缝里的玻璃弹子没有告别，埋在墙角下的香烟牌没有告别。尤其是那块土地，我没有告别。那个厂早已不在了，消失在时间里了，连同我的童年一起找不到了。自那以后，每次我都是认真地对待告别。当我有了一点经济能力，我回到安徽买了房子，但再也找不到我成长的那个地方了，它早已被拆得干干净净。

也许有人会说，我太敏感脆弱，在中国，有太多这样的父母。可是我想说，虽然这样的父母比比皆是，但对于一个孩子，父母就是她的全部，是整个世界。我看到别人有好的父母，很羡慕。他们的孩子可以肆无忌惮地向家人索求，索求一只书包、一件玩具、一块巧克力，索求爱（哭）……但面对父母，我永远节制，说好听是"懂事"，但那是一种无奈的压抑的"懂事"。

曾经读到一句话，支撑过我几年：不问慈不慈，只问孝不孝。但后来我发现自己没办法做到。我的心不让我这么做。我想去孝顺自己的父母，可是我感到别扭。当我这么去做的时候，受到了更多的伤害。于是，我干脆搬离了自己的家。

我的父母和家对于我来说，永远是一个结、一块烙印，没有人可以解开和抚平。

❷ **小时候期望自己的将来什么样？**

当电影明星。长得好看，被人喜欢。

❸ **对迄今为止的人生满意吗？**

不满意。

❹ 有无法原谅的人和事吗？

没有不能原谅的人和事，包括父母，他们同样不容易。

❺ 长大了的你，想对童年时候的你说什么？

考出去！

写在边上
平淡生活中的"仪式感"

慕容小雯看上去很阳光，但我还是在她的眼神里窥见了太阳照不到的地方。童年里的那一小片阴影，即便藏匿在深处，依然会在喧嚣沉寂后沉渣泛起，搅扰貌似平静的心。那是一块永远难以结痂的伤疤。

我们无意谴责父母。很多人在成为父母之前，从来没有学习过如何做父母。更何况，有多少婚姻并不因爱情而结合，父母本身亦是无奈人生的牺牲品。而孩子与孩子之间的天性千差万别：有的心思粗糙木讷，百毒不侵；有的心细如发，极易伤春悲秋。

我相信，凡是敏感细腻的人，必定善良，也必定易受伤害。而我却在内心亲近这样的人。他们一定会小心地呵护一段关系，珍重地对待一件旧物，真挚地信守一句承诺。正如小雯，她特别看重"告别"，在意生命历程中的"仪式感"——这不是矫情，而是用庄重的态度去对待生活里看似无趣或者无聊的事情。它出于对童年缺憾的反思和弥补，对生活的付出与热爱，也出于对生命对人的尊重。仪式感是对自己的交代和告慰，也会让生活中最普通的时刻，因为这一点点不同，而变得趣味盎然，并且开启一段新的生活。你会比以往更加热爱自己，也更加热爱生活本身——这是小雯的自我塑造与修炼。当我们无力改变自己的父母与出身，唯有依靠自身的觉悟和智慧重新创造人生。

读圣埃克絮佩里的《小王子》，印象最深的是这样一段对话——

小王子驯养狐狸后，第二天又去看它。

"你每天最好相同时间来。"狐狸说。

小王子问："为什么？"

"比如，你下午四点来，那么从三点起，我就开始感到幸福。时间越临近，我就越感到幸福。我就发现了幸福的价值……所以应当有一定的仪式。"

"仪式是什么?"小王子问。

"它就是使某一天与其他日子不同,使某一时刻与其他时刻不同。"狐狸说。

真正的仪式与矫情和物质无关,只和心灵的幸福有关,它一定出于情感的需要。正如美国心理学家托马斯·摩尔所言:当举动是出自情感,而不仅仅是物质世界的需要时,它就可以成为某种仪式。

也正是因了这份庄重,我们才更真实地体验到了情感的分量、生活的可爱和生命存在的价值。

我从来没有真实地活出自己

受 访 者 | 李云瑶
职　　业 | 舞者
出生年份 | 1982 年

因为从小没有得到过爱,他也不懂得爱孩子

如今当了妈妈的我特别受不了丈夫对孩子发火,我知道,那是因为我自己和父亲之间没有建立起一种连接。如果一个女孩子没有和父亲建立好情感联系,她将来想找的丈夫往往是一个理想中的父亲。这对于我是一个现实问题。但这一点,我在二十多岁准备谈恋爱时是不知道的。

跟你说说我爸爸吧。

我爸爸是一个特别沉默的人,天性内向,害怕讲话。奶奶喜欢性格外向的大儿子,不喜欢他。小时候,他提煤油灯,灯油烫伤了大腿,奶奶却不管他,他的大腿上留下了一大片疤。爸爸上学很晚,他不是那种聪明伶俐的孩子,难得和小朋友一起玩,他随口说了句"杀猪拔毛",小小年纪的他,因言获罪(隐喻了对领袖的不敬),被学

校开除了。这个污点,写进了档案,跟了爸爸一辈子。爷爷带着爸爸,以及有污点的档案,从兰州转到了一个偏僻的小县城去上学。本来就不爱讲话的爸爸从此更不爱讲话了,因为他觉得:"讲话是错的。"

从学校毕业后,他去新疆当了兵。爸爸很有艺术细胞,他的竹笛吹得非常好。很多年以后,我上研三时,爸爸跟我说:"你知道我为什么那么喜欢吹笛子吗?因为在音乐里,我会忘掉一切烦恼。"遗憾的是,当年他从部队退伍前,放在口袋里的手枪走火,把左手的手指头给削了。从此,他无法用左手按音,最喜欢的笛子也没法吹了。

爸爸退伍后,去了一家运输公司开车,从兰州运木头去西藏,每次来回都要一个多星期。后来,他结婚了。对方出身于高干家庭,人家其实看上他,只是因为在那个特殊年代里,当兵的很吃香。可是"文革"结束后,对方觉得爸爸不合适,他们的婚姻也结束了。他们还有一个孩子。这件事对我来说曾经是个秘密。直到我上高中时,有一天去爸爸单位,在他办公桌的抽屉里看到了一封信,那是一个姐姐写给他的,她在西安上学。她在信里告诉爸爸,寄给她的随身听收到了。这个女儿不跟我爸爸姓,她的妈妈离婚后和一个小学老师结婚了,她跟继父姓，并且，他们没生孩子。那是一个貌似幸福完整的家庭。

我看到信很震惊，但本能地知道不能告诉妈妈。过了很多年，有一回，爸爸喝醉酒了，我跟他聊天。我说："爸爸，你是不是有特别不高兴的事？我看到过你的一封信，是姐姐写的。"他含混地说："你妈妈不让我们来往。"

你想，爸爸他经历了那么多事，他自己也过得很难。但这些都是我后来长大后对他的理解。小时候，他不关心我，我也不想念他，我们之间仿佛没有感情的交集。

❄ 我讨好姨父和姨妈，希望他们喜欢我

小时候，我一直黏着妈妈，特别依赖她。但就在我四岁那年，家里出了件大事。

当时，我爸爸刚调进省政府当司机。有一天，他带着妈妈和妈妈的妹妹开车外出，在从兰州到天水的崎岖山路上，车胎爆了，汽车翻下了山谷。其他人只受了点皮肉伤，我妈妈却从车窗里翻了出去。爸爸从不知道关心人，见我妈妈躺在地上，爸爸说："你起来啊。"妈妈呻吟着说："我起不来啊。"妈妈伤得很重，她的一个肾脏摔碎了，

肝脏也破裂了。她被送去了天水第一人民医院。医院发了病危通知。医生缝合了她破裂的肝脏，摘掉了一个肾，妈妈最终挺了过来。

这次车祸后，爸爸和妈妈两家彼此怪罪，有了很深的矛盾，爸爸和妈妈的关系也就不好了。妈妈在车祸后，失去了工作能力，在原单位吃劳保。但她是个要强的人，一直想把家里的生活过得好一些。我的舅舅，妈妈的哥哥，在西北做毛衣编织机的总代理，有国产和进口的两种机器，国产的八百多元，进口的四千多元，在当时很昂贵。进口的机器可以织双面提花的毛衣，很先进。妈妈于是帮着舅舅做销售。没想到，她是一个特别成功的销售员，业绩非常好。舅舅在青海的西宁、甘肃的兰州和宁夏的银川都有销售点，于是，妈妈开始了出长差的生活。

妈妈要出差，爸爸也经常开车去外地，我成了一个无人照看的小孩。妈妈便把我寄养到了姨妈家。在姨妈家，我度过了整整六年小学时光。

直到今天，当我在星期天的午后醒来，倘若是阴天，便会恍然回到三十年前的下午，那个上小学的我同样从星期天的阴郁的午后醒来，总是非常沮丧和灰暗地想：哦，妈妈又要把我送回姨妈家了。我那小小的心是悬空的、失望的。那样的情绪依然会触动我，这样的条件反射持续了三十年：一旦遇上星期天的阴天的下午，从午睡里醒来，我都会回到那种空落而慌张的情绪里去。

我真的不想去姨妈家。

我的姨父和姨妈本来就不是很喜欢孩子，他们有一个比我大两岁的女儿，又加上了一个我。我是一个负担。我从小就是一个特别敏感细心的孩子，很希望得到大人的关注。记得我去姨妈家没多久，有一天，姨父生病了，去水池边呕吐。姐姐会嫌弃地跑开，我却走过去。我叫他"爸爸"，问他："你要不要水？我给你倒水。"我这么做，不仅是因为懂事，我的深层心理是为了讨好姨父和姨妈，希望他们喜欢我。

是的，我希望听到他们表扬我乖、懂事。我的懂事，换来了姨父对我的态度的微妙的变化。于是，我变得更加"懂事"。一吃完饭就抢着去洗碗，抢着收拾屋子、扫地。小学四年级时，听到大人说水壶里没水了，我第一反应就是马上去楼下提开水。我提着开水壶上楼，他们家在四楼，我上到三楼时，塑料开水壶的底座忽然掉了，瓶胆摔碎了，开水翻在了我的右脚脚背上。正是六月，天气很热，脚背上立刻起了一大片水疱。当天姨父和姨妈想送我去市区医院，但是救护车已经开走了，我们居住的厂区离市区太远，只能在厂医院看。厂医院条件有限，我没有得到很好的救治。楼下的老太太说，可以在我脚背烫伤的水疱上涂一点香油，姨妈照做了，结果烫伤处就化脓了。后来，姨父姨妈听说了别的什么土方法，又试了一下，更是雪上加霜，伤口上长了很厚的增生。姨父和姨妈没有在第一时间把我烫伤的事告诉妈妈，偏偏那一回，我妈妈过了三个多月才回来看我，那时候，我脚上的伤疤已经很难看了。妈妈看不下去，带我去陆军总医院做了植皮手术，将大腿上的皮肤移植到脚背上，我的大腿那里现在也留下了很大一块疤。

我还记得有一个下午，姨妈和姨父不经意地说我长得黑，像黑牡丹。他们说，姐姐多白呀。我听了，特别自卑，就悄悄地去洗脸，拿肥皂洗，洗得皮肤都红了，也没把脸洗白。我就很难过。那时候，每个星期四下午学校不上课，我就乖乖在家干活，擦桌子、扫地，扫得很仔细，把整个家收拾得窗明几净。做完这一切，我早早地坐在那里，等姨父和姨妈下班，然后领受一下他们对我的表扬。可是，倘若姨父和姨妈因此表扬了我，姐姐就会不开心。

有一次，我在狭长的走廊里洗脚，不小心把洗脚水打翻了，弄湿了放在走廊里的一袋米。姨父气得过来打我。我特别委屈，心里想，你干吗要来打我呢？应该先抢救米才是啊。

那是一段特别压抑憋屈的寄养时光。我敏感又脆弱,好像一只惊弓之鸟,也好像墙角含苞的野花,任何风吹草动、日晒雨淋,都有可能遭受摧折。

上初中了,我终于回到了自己家。有一回,吃完饭,我帮忙收拾桌子,不小心摔碎了一只很大的汤盆。妈妈走过来,很紧张地问:"有没有扎到手?"我听着,哭了起来。妈妈说:"坏了就坏了,为啥哭?"我说:"我在他们家摔掉一个小碗都要被骂,我摔了这么大的一个汤盆,你也不骂我,还问我有没有扎到手。"我说:"你为什么没有责怪我?"妈妈说:"我关心的是你有没有受伤。"这便是妈妈和别人的区别。

妈妈不在身边的时候,我特别想念她。我对于妈妈的气味有一种很特殊的回忆。我闻她的纱巾,纱巾上有她的气味,嗅着它,便仿佛被妈妈拥在怀里。每当星期天,妈妈要送我回姨妈家,我都很不情愿,我会告诉她,他们其实对我并不好。他们会说:"姐姐学习很忙,你应该去收拾房间,去洗碗。"但我又生怕跟妈妈说了这些,妈妈去对姨父和姨妈抱怨。我对妈妈说:"千万不要去说,你走了,他们又会说我了。"妈妈不在的日子,我也很少见到爸爸。爸爸偶尔会来,但只是远远看我一眼,连楼也不上，就走了。我隔着窗看着他，爸爸穿着一身白色的西服，样子很帅。

可是，我对爸爸没有感情，没有他爱我、关心我的记忆，我也从来不想他。我的印象里，所有的节日爸爸妈妈都会大吵，"五一"、"十一"、春节……他们俩一定会大吵。爸爸妈妈的争吵让我害怕。姨父和姨妈也会争执，但只是喋喋不休地抱怨，不会闹得地动山摇。我的父母却是激烈地争吵，甚至还动手。爸爸喝了酒，充满了负面情绪，他会把所有的不满都爆发出来，摔碗、摔茶几。几乎每次大闹，他都会砸掉一个玻璃茶几，第二天争吵停歇，他又默默地去清扫玻璃渣，然后，他们又去买一个新茶几，我们家曾经有过各种款式的茶几，圆形的、椭圆的、方形的、旋转型的、开合型的……茶几换成了新的，日子照旧继续。

妈妈总是不停地数落爸爸，于是我小时候就觉得爸爸挺没用的，他在我心里没有高大的形象。每当过节，我希望他不要回来，听说他出差我会很开心，我在心里默默地盼望他出差得久一点。我对姨妈说："希望他出差去不要回来了。"姨妈说："他是你爸爸呀。"我闷头说："我就是希望他不要回来了。"

小学时，如果父母吵，我会躲藏。上初中了，有时我会劝他们，我甚至对他们说："你们成天吵，干脆就不要过了。"但他们终究没分开。

我上初二那年，我舅舅的毛衣编织机生意不做了，妈妈没有了收入来源，便在小区的大院里摆了个小摊。那是一个活动柜子，每天推进推出，还要经受风吹日晒，很辛苦。有一次，我放学回来，妈妈抱怨说："你爸爸在家也不知道做点饭。"爸爸说："你是我老婆，老婆就是做饭用的。"我在旁边听了很生气，就跟他吵了起来。爸爸恼了，把手里的一个杯子朝我扔过来。那杯子从我的脸上划过去，我的半个脸都青了。爸爸对我的任何一点点伤害都可能削弱我对他本就淡薄的感情。此后，我有整整一年都不和爸爸说话。

一个无法在游戏里放松的孩子，是体会不到童年的快乐的

1998 年，我妈妈患了鼻咽癌。那年，我上高一。妈妈当时租了一个店铺，生意还不错，比上班还赚得多一些。妈妈不舍得把店铺关了，就把姨父和姨妈请来家里住，帮忙料理店铺。但我爸爸不喜欢他们，和姨父尤其合不来。姨父性格拘谨，手也灵巧。我爸爸不喜欢姨父的

性格。可是，我们家所有的电器坏了，爸爸修不好，姨父都能修好。这么一对比，妈妈就会数落爸爸，于是爸爸更讨厌姨父住在家里了。我不得不一再地协调他们之间的关系，想方设法让他们开心。比如，如果知道这天晚上爸爸喝了酒，我一定设法哄姨父姨妈早点睡觉。我担心爸爸回来发酒疯，让姨父和姨妈不高兴。

我妈妈是一个特别坚韧的人。我的记忆里，只有一次妈妈痛哭的经历。那一回，她销售的机器半路给劫匪抢了，血本无归。她哭了几天几夜，这是我印象里唯一一次觉得天要塌了。那一年妈妈没有拿一分钱薪水。

妈妈得了鼻咽癌，却没有让我觉得可怕，可能是她的坚强淡定感染了我吧。妈妈只治疗了半年，便回来继续经营那个店铺。我上大学后，妈妈跟我说："其实那时候早晨我根本爬不起来，就在床头绑根绳子，拼命拉着爬起来。每天一到六点半，我就想，我必须起来，去开那个店，那些学生会来店里买东西。如果我今天开，明天不开，或者今天七点开，明天九点开，他们就不来了，客源就没有了。"所以，即便再艰难，妈妈的小店一直没有关。

我的身上有妈妈隐忍和坚韧的因子。回想起来，我小时候是个特别胆怯、非常知趣的孩子，我在意的是自己的举动是否会让别人觉得舒服、高兴。就像一朵含苞的花骨朵，我从来没有尽情地绽放过自己，总是把自己包裹着、瑟缩着。长大后的我特别想知道真实的自己是什么样子的。后来，上了艺术类院校，我发现身边很多女老师很有个性，她们令我诧异：人居然可以这么表达自己？！居然可以这样自我地为人处世？！而我呢，我从来没有试过真实地表达自己，我永远想着，自己的言行是否让别人舒服。去别人家做客，主人说："你坐。"我会想：我坐在什么位置合适呢？那里是主人的位置，我不能坐；那个位置离夹菜近，我也不该坐那里。

所以，我对自己最大的遗憾是，在成长的时候，我对自己没有正确的认知，也不知道什么是合适的界限。我尽力让别人快乐，却很少去想怎么保护自己。但常常，我又反问自己，我为什么会是这样的呢？

我从来没有真实地活出自己。在姨妈家时，我克制自己的天性，只为了让他们喜欢我。在学校里，如果迟到了，我从来不敢喊"报告"，只是默默地站在门口，直到别人发现我。

直到上高中以后，我才一点一点发现自己的好。在上高中以前，我一直害怕写作文。后来，上高一的时候，语文老师是一个男老师，他让我们每周写随笔。我发现，老师经常在课堂上问我问题，比如，对朦胧派的诗歌是怎么理解之类的。我一向是个不好不坏的学生，第一次得到老师的特别关注，受宠若惊。这个男老师只教了我们半年就去英国了，后来，换了一个女老师。她不仅给我们讲课本里的文章，还给我们读《诗经》里的《采薇》和《蒹葭》。这个女老师也特别喜欢我，我的每篇作文都被她当作范文。渐渐，我有了一点点信心。我试着给当地的报纸投稿，居然发表了，甚至还有一次，给我做了半个版，还登了照片。那种被认可的感觉，让我喜出望外。我突然地特别想告别那个过去的我，甚至，当我在中学里遇到小学同学也会很紧张，因为我怕她告诉别人我小学里的事情，影响了我好不容易树立起来的形象：小学时候的我又黑又矮，笨拙迟钝。我永远是游戏里受嫌弃的败者和弱者：我去玩跨大步，只能"支架子"；玩丢沙包，小朋友说"就打她"，因为我总是接不住沙包，好不容易上场，很快就会被打下场。我的身心永远是紧绷着，做什么动作都笨拙，无法舒展。

直到很多年以后，命运让我学习了舞蹈，并且成为一个舞者，我才惊诧地发现，原来自己的身体并不笨拙，原来自己对音乐和舞蹈有着天生的悟性。我在成年后学习钢琴和古琴，被老师夸赞，表现出超越一般人的天赋，而这些，都是我小时候从没有意识到的。

倘若要问我：童年有什么特别美好的记忆？我真的想不出来。小时候的我没有什么梦想，我提出什么要求，也总是被拒绝。即便是让孩子痴迷的游戏，也会让我感到害怕和恐惧。我对所有游戏的记忆都是灰暗的。有一次，我想学跳皮筋，让别的小朋友教我，可我看不懂那些纷繁的花样，我怕自己做得不好，怕别人笑话我，可越是害怕，我越是紧张，越是做不好。那次，我好不容易学会了她们的跳皮筋招式，那个下午，在我的记忆里特别耀眼。可是不幸的是，第二天，那些小女孩又发明了新的招式，我再一次被嫌弃了。

一个无法在游戏里放松的孩子，是体会不到游戏的快乐的，也难以体会童年的快乐。如果能对小时候的自己说什么，我想说，我希望她是一个敞开心扉的快乐的孩子。我对自己的认识，来得太晚太晚。

写在边上

破茧而出

她有着舞者的特殊气质，她的肢体是柔曼的，眼眸里有少女般的清澈与含羞。她的举手投足，她身体的语言透露了她对于这个世界的姿态：试探的，小心翼翼的，却又是真诚而坦白的。她绝不会冲撞，她以温柔克己示人；她绝不会让人感到压力，她把最大限度的舒适提供给别人——这一切，与她对自己童年的省察与反思吻合。

那个夜晚，我与她相对而坐，在那栋飘着咸涩海风的位于半山的房子里畅聊。如果不是因为夜已深，不是因为次日我将起程，也许，这样的谈话会持续至天明。我不再是一个单纯的倾听者，我还从她的倾诉里看见了曾经年少的自己，以及在那个年代里成长起来的拘谨而克己的"我们"。

她告诉我，在异国的氛围里，她一再地重回那个女孩的自己，又一再地被眼前金发碧眼的孩子以及酷肖自己的八岁女儿所震惊：我要当火山学家！我要去外太空！我要……他们总是勇敢地向世界宣告自己的存在。她有些怜悯起那个女孩的自己：她的字典里，从来没有"我"；她把自己藏起来了，藏得别人看不见。那个噤若寒蝉的小女孩，以为这样可以更好地保护自己，可她并不懂得，藏匿自己，同时也是对自己的伤害。

于是，我们看到了那个在游戏里笨手笨脚的小女孩，那个从来不敢主动向大人发问的小女孩，那个早熟乖巧懂事的小女孩……那个小女孩早早地把尽可以纵情撒欢的自己丢弃了，她被包进了严丝合缝的"茧"里，手脚瑟缩着，心灵也瑟缩着……也许，她永远得不到彻底舒展的一天。

在这个一切以成人价值尺度为标准的世界里，小孩子因为弱小，所以无助。她必须调节自己，尽力去攀附那个可以提供照拂的成人环境，以获得最基本的安全感。正如她对于姨父姨妈之讨好，正如每一个我们所渴盼的来自大人的肯定与赞美——个人与环境的抗衡从来艰难，更何况一个未长成的孩子！

几至成年，她才在音乐和舞蹈里找到自己。在生活里，她依然沉默和害羞，然而，在舞台上，在偶尔客串的戏剧里，她依凭偶或爆发出来的激情和能量与内心最真实的自己相遇。那个曾经失落在女孩时期的自己，终于被她找到了。

有多少人如她一样，在早早告别童年以后，仍然背负着沉重的"茧"，寻找着那个童年时的自己呢？我们都在走向成熟，我们的一生也都在拼尽力气，破茧而出。

什么是完整的家呢？和有没有父母无关

受 访 者 ｜ 白茉莉
职　　业 ｜ 教师
出生年份 ｜ 1983 年

妈妈要我陪她睡，我却哭得死去活来

我爸爸是江苏徐州人，生于1953年，困难时期逃难到河南孟州，与在当地土生土长的妈妈相识、结婚。后来，妈妈回江苏徐州生下了我，见又是一个女儿（我是第二个女儿），便把我寄放在了爷爷奶奶家。父母一心想生儿子，直到生了第五个才如愿。说起来，我算是较早一代的"留守儿童"吧。

爷爷奶奶住在徐州农村，家里还有一个叔叔。叔叔和爸爸的性格完全不同，爸爸血气方刚，叔叔内敛细致。叔叔是个初中毕业生，在村子里算是很有文化的人。他的手也巧，会修自行车，会编鸡笼子、织渔网……除了干农活，他在空闲时间里喜欢听收音机，有时还写写诗歌。在别人眼里，爱笑的我是个在幸福美满家庭成长的小孩。但其实我从小寄人篱下，没有体会过父爱和

母爱。

我生命里的色彩是爷爷、奶奶和叔叔赋予的。尤其是叔叔，他替代了爸爸。家里穷，叔叔讨不起媳妇，婶子是从四川买来的。婶子生完儿子，就回了娘家，再也没有回来。叔叔拉扯着儿子，赡养着两个老人，还要抚养我和妹妹，一直孑然一身。我们是一个特殊的六口之家。

我成长期的经济条件一直不好，可是回忆自己的童年，却是满满的幸福。

大人们说我是个懂事的孩子，还没上学，就为家里分担家务了。我四五岁时就会拉平板车。我们家种水稻和麦子，到了收割的时候，叔叔和奶奶在田里忙活，我负责拉稻谷回家。别人家的大人力气大，可以拉装得满满的一整车回家；我力气小，装得浅，就来回多拉几趟。到了家门口，在家做饭的爷爷就会迎出来，帮着我一起把稻子卸在谷场上，等着晒干了，打谷子。在家里，叔叔和奶奶是劳力，爷爷一只眼睛看不见，干不了重活，我呢，算得上小半个劳力。我拉着装满稻子的板车回家，一路受到村里人的称赞，他们夸我小小年纪懂事、能干。

爷爷喜欢听书，晚上睡觉前，他会给我讲《西游记》里的故事。奶奶是共产党员，是村里的妇女干部，常常去开会，人也特别善良能干。若是在夏天，村头我家的院子里总是挤满了人,大人们在那里乘凉聊天,小孩儿则自顾自地玩耍。

虽然父母不在身边,但我得到的关爱并不比别的孩子少,除了爷爷奶奶和叔叔的爱,还有来自别人的。从四五岁会拉平板车开始,我就不断得到村里人的赞扬。那时候,是夸我小小年纪懂事能干,上学后,则是因为我学业的优秀。

我喜欢上学,因为在学校里能受到表扬,感受到乐趣。我在想,叔叔为什么让我这么小就学习干活,他是想用生活的体验告诉我,只有靠自己,好好读书,不断努力,才可以让自己将来活得轻松一点。叔叔给我买了一本字典,在那个年头,这是个稀罕物。叔叔送给我时,在扉页上用钢笔抄写了两句话:"富家不用买良田,书中自有千钟粟;安居不用架高堂,书中自有黄金屋。"我懵懵懂懂地明白了,对于我,读书是一种出路。

在学校里,我得到了老师的偏爱。总觉得自己是老师最爱的学生,虽然家里条件不好,心里却感觉满满的、甜甜的。我买不起练习本,老师用旧试卷裁成A4纸大小,订成本子,送给我;举行全校活动,需要有个学生代表大家讲话,挑的也是我;出去春游,老师得到了一包饮料,就会随手把饮料扔给我;学校还为我和三两个贫困生发起了募捐……老师们的举动也许是无意识的，却处处让我感受到特殊的关爱。五年级时，我写了篇作文，在里面我这样写道："人家孤儿是父母亲不在，我父母都在，过的却是孤儿的生活，我见不到他们，也感受不到他们，那还不如没有他们！"老师把我的作文投给了《中国教育报》，居然发表了！

我感到不可思议的是，每当我的人生上到一个新台阶，就会有一个亲人离开。我小学升初中时，爷爷故世了；中师考大学那年，奶奶去世。爷爷死于肝硬化，奶奶是肺癌。之后，叔叔成为我最亲的人。

而我的父母，就像我的客人。我特别刻骨铭心的一件事，是我五年级时，妈妈从河南回来看我。你相信吗？我都三十多岁了，至今只见过妈妈五次。而那一年，妈妈回来和我们一起过年。对于我和妹妹，妈妈就是一个陌生人。我的脑海里印刻着这样一幅画面，月亮当空照，门口有人在聊天，爷爷和奶奶尴尬地站在院子里。妈妈说："让茉莉和我睡。"我靠在门框那里哭。我说："我不要！"爷爷奶奶不表态，妈妈就上来拉扯我，我双手掰住门框挣扎，哭得歇斯底里。但是，没人来帮我，我从来没有这么伤心地哭过。我抱着奶奶，哭喊道："不要啊，我不要！"但是奶奶只是哄我，不表态。我感到绝望极了，觉得自己要淹死了……想到要和妈妈睡在一张床上，我浑身不舒服，别扭、恐惧，我无法忍受和陌生人的亲密接触。

终于，我哭累了，迷迷糊糊没了力气，妈妈还是把我弄到她床上去睡了。第二天起来，我听见邻居说我妈妈的眼睛肿得像灯泡。她也哭了一夜。

后来到了青春叛逆期，妈妈又来了一趟，我不仅对她感到陌生，还多了一层敌意和反感。晚上，她去邻居家玩，到了睡觉时间，我故意把门插上，不让她进来。妈妈在门外气得直跺脚。爷爷奶奶背着妈妈说我："她是你妈妈，给你生命的人，你不能这么对她。不管你爸妈做得对不对，他们有他们的苦……"爷爷奶奶的话道理不错，但没法走进我的心里，没法让我动心。

初三毕业，我考上了中师，又是我们学校的第一名。作为奖励，我第一次去了父母在河南的家，那个地方叫作孟州市城关乡。我跟着爸爸下了车，背着行李走了很长一段石子路，路边柳色青青，仿佛在做梦。我们从一条巷子里穿进去，就看到了一栋砖瓦房，那就是爸爸的家。穿过院子，进了门，就见正对大门的墙上贴了一块红布，上面写金字，还摆放了神位和花烛。堂屋靠墙摆了个案板，妈妈正在上面擀面条，她的动作好娴熟。那天，我们吃的是西红柿鸡蛋面，妈妈擀的面条很筋道。

这是一个非常陌生的却又属于我的家。院子里搭了个棚子，爸爸在里面做木工活，地上堆满了雪花一样的刨花。爸爸一脸满足地对我说："你姐姐经常给我扫刨花，可懂事哩。"我心里暗暗想，我不知比姐姐懂事多少倍呢！

姐姐是1980年生的，比我大三岁。那是我第一次见到姐姐，她和我长得真像。我羡慕姐姐能在父母身边长大，享受父母的疼爱。虽然爷爷奶奶也疼我，但他们毕竟年纪大了，能力有限。我有时候想，是我成全了姐姐。如果我和姐姐换位会怎样？我又会变成什么样？过了很多年，我依然在想这个问题：按照父母的教育方式，他们并没有培养出一个大学生，而叔叔从小给我讲各种道理，关心我的学习，把我培养成了一个大学生。没有在父母身边长大，到底是我的幸运还是不幸呢？

对父母的怨气，直到这几年才有所缓和。之前，我一直想，父母对我只生不养，那以后我是不是也可以不赡养他们呢？当我对自己的一位老师表达这样的想法时，她说："每个人都有各自的苦楚和不容易，你不能拿上一代的错误再来惩罚他们。"她的话多多少少化解了我心头的遗憾。是的，我一直在努力为自己寻求各种形式的心理平衡。

童年的苦，回忆起来总是带着甜

小时候，每学期开学前，我都会问叔叔要钱交学费，叔叔会说"没钱"，但他照旧让我去学校，从来没有让我辍过学。过了一些年，爸爸告诉我，他每年都给叔叔寄学费。我才明白，叔叔是故意将学费藏了起来，他用这种方法让我感觉学习的机会来之不易，要珍惜。

我上了初中就在外面打临工了，初中毕业上了中师，放假也不回家，留在学校食堂里帮忙做饭。一天工钱八元钱，一个暑假下来，挣了一笔对于我来说很丰厚的钱，不仅交了学费，生活费也解决了。后来学校知道了我的情况，给我减免了一部分学费。学校食堂里也有好心人，跟我说："要吃什么就来我窗口，我给你拿一个就行。"萝卜包子、韭菜合子……都不收我的钱。这三年里，我没有挨过饿。

上中师的第二年暑假，我得到了一份化妆品公司推销员的工作。抱着化妆品箱子去商业街店铺或者去商业楼推销，同一拨人里我的业绩又是最好的。一个暑假下来，赚了一两千元。

那个暑假对我的性格改变特别大。很多人并不待见推销员，不但不理睬，还对我吐唾沫，挥手赶我走，就像驱赶乞丐。我曾经以为学习好就够了，可是这段经历让我更多地学会如何跟陌生人交往，琢磨如何让人家对你产生信任感、亲近感。它颠覆了我的一些认识，对我是一种磨炼。开学后回到学校，学校党委书记看见我说："白茉莉，你好像变了一个人。"以前的我无精打采，蔫蔫的，老想睡觉，不会笑，也不会主动找人搭讪。可现在的我，很阳光，很有精神。

中师三年级毕业考进大学前的那个暑假，为了大学的学费，我照例在拼命赚钱，做家教。早晨六点起床，每天做六七个学生的家教，一直做到晚上九点，一小时的家教费是五元钱，一个暑假下来我赚了三千多元。

幸运的是，在不同的人生阶段，总能遇到点拨我的人。读中师的时候，我的班主任是个很特别的人。她对我说："如果你中师毕业回村里教书，不用三五年就会变成很普通的中年妇女的样子了。还不如继续往上追求，考大学！"当年，我评上了江苏省三好学生，又一鼓作气考上了南京师范大学。说来有意思，回忆起自己的童年，虽然条件艰苦，涌上心头的却是绵延无尽的诗意和烂漫——

烈日灼心，长长的棉花田垄望不到尽头。只听得大人们在上面窸窸窣窣掐棉头的声音。我弓着身子，像只小老鼠一样窝在下面拔草。田垄里一片潮湿阴凉，那是我安逸的小世界。拔着拔着，突然发现前面躺着一条死去的小蛇，心里一惊，马上又若无其事地跨过去。我时而抬起头，棉花还没现蕾，头顶是葱茏的绿叶和闪烁的阳光……

奶奶买回了两只兔宝宝，交给我说："好好养，养大了卖了，给你交学费。"我开心极了，每天去附近的苗圃场割草，提木草、果树草、苜蓿草，装满了我的小竹篓。我喜欢听兔子吃草的声音，喜欢看它们专注地吃草的样子，喜欢它们的小舌头舔我的手酥酥麻麻的感觉……

稍大一点，我和妹妹帮着家里打麦子，麦子堆成高高的麦垛，夏天的夜晚，村里人将席子铺在谷场上乘凉，我和妹妹躺在麦垛上面数星星，晶亮的露水打到身上，亮亮的，好舒服……

不知为什么，童年的苦，回忆起来总是带着甜。

你说，如果童年重新来过，更想改变的是什么？我希望叔叔能早一点拥有一个属于自己的家和安稳的生活，但我依然不想在父母身边长大。

什么是家呢？对我来说，不管有没有完整的父母，只要能得到家人的关爱，就是完整的家。

我后来想，一个人的成长是否美好，在于你怎么看待它。我的同事，说我长得像佛，心中有慈悲。我当班主任，教语文，不仅教孩子们课文，还带领他们读诗、写诗。我们最喜欢读一首诗：《妈妈的爱》。我问学生，什么是妈妈的爱？我的学生们会说："妈妈的爱/是香香的吻/妈妈的爱/是花花的伞/妈妈的爱/是贴心的棉袄……"他们问我："老师，对你来说，妈妈的爱是什么？"我说："老师小时候身边没有妈妈，但老师没有缺少爱。对我来说，爱是成长中得到的赞扬，那是最大的动力，激励我去努力，去追求更好的生活。"

写在边上
爱比怨悔更自由

"留守儿童"，是个专属名词，专指父母为了生计远走他乡、不满十六周岁的未成年人。近年，我们看到了越来越多关于留守儿童的负面新闻，"留守儿童"似乎直指"弱势群体"抑或"社会问题"。其实，任何时代都不乏这样的群体，任何家庭都可能面对无可回避和选择的无奈。我们只看到了他们悲苦的一面，却忽略了悲苦之下的另一面。

白茉莉是少有的主动要求讲述的受访者，也是唯一我没有面对面倾听的受访者。微信语音电话那头，传来她轻快爽朗的声音，她一直在笑。她的笑声仿若穿过云层的阳光，透明而轻盈地跳跃着。即便在讲述童年时那段死去活来的挣扎哭泣时，她的声音里也夹杂着轻笑。

她说她的讲述不是为了倾诉，而是为了开启——让正在或者即将经历与她相似童年的农村孩子，从她的故事里找到一点曙光，努力活成一株倔强的向日葵——贪婪地吸收阳光和雨露，在悲苦里品咂出清甜，让自己茁壮和坚韧。完整的家庭并不意味着万无一失，爱也不仅仅来自父母。对于成长中的孩子，爱犹如空气，它应该是无处不在的，哪怕再微弱稀薄，也要让孩子感受到。白茉莉的幸运在于，虽然没有父母之爱，但她得到了来自爷爷奶奶、叔叔、老师以及村里人的爱；虽然缺吃少穿，但她却是一个情感供养充足的孩子。

成年后的白茉莉自然还没有完满，初为人母的她，依然需要抚平幼年时因父母之爱缺失所造成的遗憾，需要说服自己发自内心地去亲近给了她生命却没有养育她的父母双亲。与父母和解，其实也意味着与过往的自己和解，并且尝试着从中学习。她已深深懂得：不要用怨恨去解释生活。

爱，永远比怨悔更自由。放下与往昔的纠缠，其实无关乎父母，而是为了更加轻易地走好自己未来的路。

你听过大提琴拉的《二泉映月》吗

受 访 者 | 小彬
职　　业 | 盲童学校学生
出生年份 | 1998 年

❈ 十四岁的我，无法面对这一切 ❈

我出生在农村。虽然是独生子，但从没有感觉过孤独。隔壁邻居和我差不多大的孩子很多，我们一起玩耍，爬树、抓知了、钓龙虾……我喜欢动手做各种玩具，木头刀剑啦，陀螺啦……我很小就会用锯子和刨子了。我还自制过弓箭。做弓箭可不是想象的那么简单，做好了弓身和弓把，还得用轮胎线给弓身和弓把上绳固定，一根轮胎线得缠上上百圈、上千圈，一个小时下来手都麻了。妈妈夸我动手能力强，坐得住，这点像我爸爸。我爸爸出生时，奶奶就过世了，他从小就很自立，家里盖房子，砌墙、搬水泥都是爸爸自己动手，他还当过电焊工和木工。

哦，这些都是我的回忆了。只有在那个时代，在特定的环境下才会有这样的记忆。现在，小时候的房子全都拆迁了，唯一没有变的，是老家房子后面那条河，那条河没有改变，没有被填掉。别的都改变了，找不回了。

而我，再也看不见了。是的，我是后天失明的。

那一年，我上六年级。正是中秋节，放假三天。就在那三天里，我忽然感觉视力很模糊。五年级的时候，我就发现自己的视力下降了，医生诊断说我患上了视神经萎缩，但那时候的视力还一直保持在0.9左右。复查时，医生说，只要保持在这个水平就没有问题。

可是，那天……我清楚地记得是2010年9月26日。那天，早晨醒来，我突然觉得眼睛的视野缺损了，边缘看不清了。我以为是缺少睡眠的缘故，就又回去睡了一觉，再睡一觉醒来，还是这样。但我没有告诉爸爸妈妈。

第二天要上学了。我对爸爸说："我眼睛看不清了。"爸爸说："你先去上学，我去医院预约专家。"然后，我就去了学校。

就在那天，我发现一个奇怪的现象，无论我怎么努力，写的字都是歪的，想直都直不了，我心里一沉，觉得自己的情况可能有点严重了。上了两节课后，实在支撑不住了。我对班主任说，我要爸爸带我去看病。其实那一刻，我的左眼已经看不见了，只有光感，没有有效视力了。

刚去医院时，我的右眼还是有光感的，视力还有

0.9。医生说，先住院，尽量把右眼保住。我记得很清楚，当时，我是独自走进住院部的，之后，就是国庆长假。十一天后，我却是被扶着走出来的。治疗无效。短短十一天，我的视力从0.9急剧下降，0.2，0.04……直到最后，什么都看不见了。那时，我只能依稀感觉到开灯、关灯、光源在哪里、哪里有一扇窗、哪里有光透进来。至于现在……我连光感也没有了。

那段日子，是我情绪的最低谷，也是我父母人生的最低谷。但他们不放弃，带着我四处求医。五官科医院、新华医院、中医院……能去的医院都去了。挂水、针灸……能用上的治疗方法也都用了。我在医院里打着金针，爸爸坐在我旁边。我问他，万一我以后双眼看不见了，怎么办？我说着说着，就哭了。爸爸安慰我，说，不会看不见的，就算看不见了，还有爸爸妈妈呢！他故意装出愉快的口气，但我听出来，他也哭了。

我后来想，当时我父母的难过一点都不比我少。他们把我养到这么大，从来没有想过儿子会完全看不见。虽然以前就知道我视力不好，但从没有做过最坏的打算。他们像我一样无法接受。

之后整整两年，父母带着我四处奔波求医。我们一直在路上。上海看不好，又去了北京同仁医院，还有河南郑州。有一个视神经萎缩患者聚集的 QQ 群推荐了某郑州医院的偏方,我们在那里待了近半个月。之后,听说陕西汉中有偏方,父母又陪我去待了近一个月。那里有一种奇怪的针灸疗法,我的整个脑袋都扎满了金针,足足有 100 针,在上海有时最多扎十针。该想的办法都想尽了,但是,我的病情毫无好转。

我不得不办了休学,离开了学校。那时我应该上小初一[1]了。之后的两年,我和父母心里只有一个念头:能治好,一定能治好!那两年是我最消沉的时候,我失去了朋友,没有伙伴,没有人愿意和我在一起。那时候,不像现在有盲人专用软件,我没有任何渠道和外界接触。因为看不见,我整个人也封闭了,和外界没有任何沟通。唯一可以沟通的是我舅舅的儿子,我的表哥,他有时会来陪我玩一会儿。

妈妈见我闷闷不乐,送我去了自己的老家四川乐山。除了让我散心,也想在那里寻找中医和偏方。父母两人轮流来陪我。在那里,我一待就是大半年。在乐山,我依然没有朋友,陷入了更深的孤独。在那段日子里,我绝望地意识到,自己再也没有看见的希望了。我整天躺在床

---

1 即初中预备班,通常设立在六年级。——作者注

上，不想说话，不想做任何事，整天昏昏沉沉，还特别敏感，任何人说到"看不见"三个字，我的心都会发疼发颤。

十四岁的我，无法面对这一切。我暴躁、易怒，觉得自己成了一个废人。有时候，我需要帮助，便叫妈妈，叫了两遍，她若没有听见，我就立马大声吼她，然后拿拳头砸墙。我觉得自己身体里积聚着泥浆和火焰，无处喷发和释放。

就这样，最难熬的两年过去了。

❄ 我们没有能力照顾你，你必须自立

两年后，父母接受了现实。生活还得继续，他们不可能一直照顾我，不可能不工作，他们得让我自立。他们和我商量，要给我办残疾证，我拒绝。他们劝说了一遍又一遍，我每一次都在心里抗拒，但我没有表现出来，也没有过激行为。我保持沉默。最后，我妥协了，还是去办了残疾证——我接受了自己是一个盲孩子。

办残疾证那天，是妈妈和姑姑带我去的。相比之下，我的妈妈比爸爸更早、也更平静地面对了现实。有时候，我觉得我爸爸并不比我内心强大多少。我一直记得有一个细节：带我出门，他得牵着我，他会把我的手握在他手

里，藏到我的身后，不想让人看见。我心里知道，但我从来不说。父亲和我一样无法接受自己的儿子成了一个盲孩子。老家拆迁后，邻居们还是住在一处，周围都是和我一起从小长大，甚至是和父亲从小一起长大的朋友，他不想让熟人知道自己儿子的变故。

所以，在那时候，我就明白，大人和小孩是一样的，他们也有敏感、脆弱和胆小的时候。

这些年过去，爸爸已经完全调整过来了。就像我一样（笑）。他是一个严厉的父亲，我不怕母亲，但怕父亲。母亲骂我，她的话我一只耳朵进，一只耳朵出。但父亲给我威严感。不过，他不经常打我，从小到大只打过我三次。

第一次，小时候，我请他帮我买一样东西，约好时间送过来。那是个周末的下午，他在外面办事，特意买好帮我送回来，但我却在同学家玩，把这事忘记了。他等了我一个多小时，见我回来时，上来扇了我一巴掌。爸爸的表情很威严，让我站在墙根，面壁思过。他问我："你今天错在哪里，想清楚，再过来跟我说。"我说："我知道了，我没有守时守信。"

第二次，是我偷偷跑去电玩城。那好像是念四五年级时，我没有和他打招呼，就溜去了电玩城。他来找我，在公共场合，上前就揪我耳朵。但我父亲是个讲道理的人，我虽然当众被揪，心里却很服气。他说："我不是阻止你去电玩城，但前提是你要告诉我，不能不经同意，偷偷跑去。你不能欺骗我。我打你，不是因为你去电玩城，而是因为你欺骗我。"他总是让你错得明明白白。

第三次，是我看不见以后了。父亲觉得我变得玩世不恭、情绪颓废。刚上盲校那会儿，我成天浑浑噩噩，不知自己该做什么，更不知道人生方向在哪里，情绪也不稳定，一片迷茫。后来，有了读屏软件，我每天听音乐，听小说，"看"武侠都市电视剧，完全不思进取。那天晚上，父亲跟我说话，我正在玩游戏"听游"，他叫我，我故意不应。他多问了几遍，我就吼他："你烦不烦！"他上来就扇了我一巴掌。我蒙在那里，低着头。他说："你现在看不见，是的，你很可怜。但是，你要面对这个现实。我们做父母的已经尽力了，竭尽全力为你治疗，你要勇敢接受这个现实，而不是像现在这样不思进取，自暴自弃！"父亲的话，字字句句像针一样扎进我心里。

父亲现在也经常对我说："你以后无论做什么，跟我、跟你妈妈都没有关系，只跟你自己有关系。我们只能做到一点，将来不依靠你，这是我们唯一可以向你承诺的。等你三十岁、四十岁了，那时候我们也已经七十多岁了，没有能力照顾你了，你必须自立。"

这话听起来有点冷酷，一开始我怨恨，但后来，我觉得父亲说的话有道理。

我只要平等的帮助

看不见了，身处黑暗世界，时常令我愤怒。比如，我在家里叫我妈妈，是因为想让她帮我做一件事，或者拿一样东西。那些过去不费吹灰之力的事情，如今对我来说都成了一桩"大事"。我总是找不到东西，尤其是原来我知道那东西放在哪里，可是有一天，忽然发现它不在了。比如遥控器，它很容易移动，本来放在茶几的左上角，但别人用过后，不经意地挪动了位置，我就找不到了。对于我来说，就难以接受。家里只有我一个人的时候，如果有一张纸掉在了地上，我只能趴在地上一点一点地摸，摸遍了整个房间，还是没有找到。实际上，那张纸是飘到沙发下面去了。那一刻，我有强烈的挫败感。而我叫妈妈帮我做事，妈妈没有搭理我，我就会异常愤怒。我会大喊："如果我看得见的话，还需要你帮我找吗？我还会叫你吗？"其实我心里是理解和体谅妈妈的，她也会疏忽，她还没有完全适应家里有一个盲孩子的生活。

上厕所也特别困难，有时甚至很尴尬。妈妈陪我去医院看病，我想上厕所了。当我提出要求的时候，心里很不是滋味，觉得自己连基本能力都没有了，上个厕所都要妈妈把我领到男厕所。妈妈把我带到男厕所门口，每次都要站一会儿，看到有人进去时，招呼别人，说："我孩子看不见，你能带我孩子进去吗？"那一刻，我心里就会莫名一颤。

刚刚失明的时候，我觉得整个世界只剩下我一个人了，没有人愿意和我做朋友，满心都是负面情绪。我走在街上，在人群里，我听见和我差不多大的孩子，他们在那里打篮球、溜冰，那是我以前特别喜欢的运动，心里便涌起非常复杂的感觉，嫉妒、羡慕、怅然、怨恨，五味杂陈，我一再地想，现在和未来这些事情我都不能做了。

我后来的适应和改变，是因为环境，是我所在的这个盲校的环境改变了我。环境对人的影响太大了。自然的环境、人的环境，都会对个体的人产生很大影响。

我生活的这个群体，所有的孩子都跟我一样，他们也都看不见。他们都愿意接受我，愿意和我做朋友。认同感很重要，至少，他们愿意接受我。听说，国外的盲孩子不就读盲校，他们和正常孩子一起上学。如果能获得认同感，我也愿意在那些普通学校上学。可是，中国目前没有这样的环境，周围的人还是把我看作和他们不一样的人。很多人对残障者，会戴着有色眼镜去看待你，帮助你，或者歧视你。可是，我们需要的，不是同情，是平等的尊重。我不排斥别人对我的帮助，但我不希望对方是以施舍者的身份，以高高在上的感觉来帮助我。我只需要，一个普通人，扶起一个不小心跌倒在地的小孩，只要这种感觉。

在盲校不同，我在这里找到了平等的朋友。

刚到盲校时，我对学校的地形不熟悉。想去食堂，或者上厕所、上音乐课、上专业课，都是一头雾水。后来，慢慢适应了，也不再感到孤独了。

刚来时，先在一年级插班，学习盲文。我是初中生，和我同班的都是一年级的小毛孩。那时候，学校正在进行校安工程，我们只能借了宾馆的房间上课。有趣的是，全班同学都围坐在床上听课，老师讲课，用的也是聊天的口气，讲的多半是生活常识。身边的小朋友一般都是天生看不见的，缺少生活常识。比如，他们不知道胯部在哪里，不知道三角形是什么样的，不知道自己长什么样。老师讲到三角形，就得用硬板纸剪一个三角形，让他们摸一摸。那些弟弟妹妹常会冒出一些稀奇古怪的问题，比如，为什么三角形长成这样？货架是怎样摆放的？他们对一切充满好奇。我觉得他们可爱极了,常常会帮助老师一起跟他们做解释。能帮助这些小朋友,我的感觉好多了。

学完盲文,我就跳到六年级了。班上的同学有的天生全盲,还有一些是低视力生,彼此年龄相差两三岁,就像兄弟姐妹。我们有很多共同话题。之前我给小朋友帮助,现在,同学们给了我很多帮助。这样的帮助是在平等基础上的,我们彼此都感到轻松。班主任说:"小彬是新来的,地形不熟悉,你们多带着他点。"于是,同学们就抢着带我。我很快和小林成了好朋友。小林比我小两岁,是个非常可爱的胖胖的男孩子,他喜欢带着我在学校里"探险",和我一起玩。我不再感到孤单了。

你听过大提琴拉的《二泉映月》吗

现在的我已经基本走出了迷茫。我在这里学习大提琴,拉得还不错。在各种晚会上,老师让我做主持人,我也愿意跟大家讲述自己的经历。现在的我,敞开了心扉,阳光也照进来了。

你听过大提琴拉的《二泉映月》吗?我在这里学习大提琴,最近在练习《二泉映月》的曲子。二胡音高,音色比较细腻,大提琴低沉粗犷,深沉浑厚,演奏《二泉映

月》是完全不同的感觉。阿炳也是个盲人，他当初写《二泉映月》，也是他自己无奈、无助、寻求希望的心境写照吧。用大提琴演绎这首曲子，难度增加了，我试着加入了自己的理解，除了这支曲子原有的伤感，我还想传达出一种昂扬和明快的情绪。我想，如果将二胡和大提琴与不同人生阶段对比的话，二胡是青年，大提琴是中年。中年时拉《二泉映月》，更多的是一种释然、坦然和豁达，真正达到与自己的和解吧。

现在，我有了人生的目标。我想把大提琴学好，以后考音乐专业。拉得一手好琴，不但生活有了情趣，还能谋生。对了，我还想学英语，将来做翻译。

有时候，我会假设：假如上天没有剥夺我的视力，我只是一个正常的看得见的男孩，我未必能拥有这样的人生历练，也不可能获得如今对生活的看法。我可能会像所有普通的男孩那样，苦于学业压力，即便有自己的兴趣，也会被迫放弃，读书，考大学，毕业，再找份普通的工作，平平淡淡过一生。

我失去了视力，从另一个角度看，却似乎因此获得了很多……

写在边上

盲孩子眼睛里的光

第一次见小彬，他被人搀扶着，小心翼翼地抬步登台，担任我的讲座的主持人。他站在话筒前，无神的眼睛"平视"前方，表情平静。他的主持词，得体，亲切，节制；他的声音，字正腔圆，却又低调谦和。

我记住了他。

他又一次坐在了我的面前。这一次，他露出了男孩子腼腆和活泼的一面。

我习惯了和人交谈时看着对方的眼睛，总以为，除去语言的交流，眼神的碰撞更加直接和真实。面对小彬，我依然看着他的眼睛。他的眼睛里没有光，可我依然捕捉到了他的神采，那来自他表情的松弛、自然与不设防，于是，我仿佛在他的眼睛里看到了光。

我不想重提"失去与得到"，以及"上帝关上了一扇门，必然会为你打开一扇窗"的老生常谈。我只想说说"平等"，那是小彬向往的，并且萦绕于怀的。"我和你一样""你帮助我不是因为同情""我不只是个受助者，同样可以帮助你"……平等，意味着发自心底的认同与尊重。恰如小彬父亲看似"冷酷"的宣告，却出自内心深处的平等与信任，足够的爱、足够的担责，同时，又给予儿子足够的自由和天地。

小彬已经走在他的同龄人前面，他提前感受了生活的沧桑滋味，也提前获得了经历磨难之后的通达与坦然。他正在追求他想要的听从心灵的生活。我还没有听过他用大提琴演奏的《二泉映月》，但我听过马友友的演绎，在凄婉之外，竟有一层难以言喻的通透的畅达、沉静与明快。

小彬，下一次，请让我也来欣赏一下你的演奏吧。

我想尽力摆脱这物化的世界

受 访 者 | 鲍展鹏
职　　业 | 高三学生
出生年份 | 1999 年

❋ 我们宽容地看待恋爱的同窗 ❋

我对迄今为止的人生很满意，庆幸自己出生在一个比较好的家庭，生活在上海这样一个国际化的大都市里，让我有机会去看看这个大千世界。我去过不少地方，近的，比如日本、韩国、泰国；远的，像欧洲各国、美国、肯尼亚。我第一次出国，好像是去泰国，那时我只有四岁。我出国，有时是跟着爸爸妈妈，有时是学校交流。

我也喜欢自己的父母。我妈妈在单位里一直当领导，在家也喜欢当领导。小时候，她盯着我学英文，学习也抓得紧。那时候她比较严厉，现在就比较宽松了。爸爸做过 IT（信息技术）类工作，现在做投资，他对我管得少，但他喜欢给我买书，还喜欢给我读故事。

在上高中前，像大多数孩子一样，我的生活很平淡，很单调，几乎没有发生过什么大事。我是一个按部就班的小孩子，家里人说去哪里，我就去哪里。总是学校家里，两点一线的生活。可是，上高中以后，一切都变了。

我所在的高中是一所国际学校，这里所有的同学都是打算出国深造的，氛围很自由开放。自由支配的时间比以前多了。每天的课排得很少，高二开始有选修课，每晚六点晚自修，老师来点个名就走了。

有了那么多自由支配的时间，一切都在自己的掌握中。有的人很贪玩，也许就荒废了。怎样充分利用这些时间，其实对我们提出了更高的要求。

我的同学和老师拥有多元的背景，同学里边江浙沪人占大多数，江西、贵州、湖北的都有，不少老师也有海外留学的背景。大家的思想也比较多元。有一次，我和一个女生出去办事，她有点女权主义。我当时比较幼稚，不懂什么是女权主义。在走回学校的路上，我议论说："市

三女中的女孩老是待在学校里,身边没有男孩,会不会寂寞孤独?"那个女生听了就发火了,说:"你的话是对女性歧视,否定女性独立存在的价值。"我当时很意外,一下子蒙了,我没想到自己会激怒她。后来,我特意找来有关女权主义的书看,觉得她有一定的道理。她后来向我道歉,说自己太激动了。我笑笑说,可以理解。慢慢地,我了解到学校里持女权主义的女生不止她一个。

我想,可能同学里超过三分之一有恋爱的经历。我也谈过恋爱,那是我的初恋,但现在结束了。恋爱,分分合合,我觉得这是青春岁月里正常的经历。

(害羞地笑)你要听我的初恋?好吧。那个女孩挺漂亮的,成绩也很好,很厉害。当时,我们俩在QQ和微信上都聊得很好,觉得彼此有很多共同之处,我就约她出去玩,请她吃饭,然后,我向她表白。是的,我说得很轻松,但确实经历了很多起伏,微妙而美好的悸动,难以忍受的害羞和挣扎……我们只交往了三个月,现在都过去了,我可以比较轻松地谈这件事了。

难得的是,周围的同学会用祝福的眼光去看待那些谈恋爱的同窗。自由、开放、宽容和松弛都写在我们脸上。这大概就是时代的不同吧。

不过,我不想和父母说自己恋爱的事,说了会麻烦,他们会追问。我跟父母没有太多的话题可以聊,宁愿和别的朋友说,但我不觉得这是遗憾。我们未必要苛求父母成为自己的朋友,他们爱你,你也爱他们,这就足够了,因为我们完全可以在朋友中找到知音。

我一方面想融入他们,一方面又觉得这样的生活不是我要的

在学校里,我找到了知音,我们有很多共同的话题。

这里的同学和老师个性鲜明,既有特别排外的上海人,也有特别自由主义的老师。我接近的老师学习西方马克思主义,也研究政治学、社会学、哲学、法学、传媒或是历史,我喜欢和他们在一起,可以从他们身上感受到人文主义的光芒。

有三位老师对我影响很大,他们分别出生于1977年、1986年和1989年。一位毕业于复旦大学哲学系,他开设了一个志愿者机构,我常去那里当志愿者;另一位,毕业于复旦大学社会学系,喜欢读马克思理论;还有一位,曾在香港读哲学,后来去英国学习过政治哲学。

我曾经和老师、其他同学结伴,去河南信阳考察20世纪50年代末的大饥荒。那是去年"五一"节,我们在

那里访问了一些经历过那个时代的人，听到了很多大规模死亡的故事。一个老人说，他们家四个兄弟姐妹，三个都饿死了。没有粮食，只能去山上采蓬蒿吃。为了逃避上面的征购，有人把粮食藏在悬崖下面。我们还采访了一些留守的农村人，看到了农村的经济发展状况。回来后，我们一人挑了一个主题，写了一篇文章，在自己的公众号上发表了。

我从高二开始读《共产党宣言》和《资本论》，还参加了一个读书小组，小组的人数不固定，每星期活动一次。我们读的是马恩原文文本，还有列宁、卢卡奇和科尔什（左翼理论家）的。通常是学生问问题，老师回答，当然，我们也会讨论。即便放假了，我们也会通过视频讨论。比如刚刚过去的寒假，白天我去图书馆读了一些法兰克福学派的书，晚上就和读书小组的朋友讨论西方马克思主义理论的继承和发展问题。如果老师回母校，我会跟着他一起去复旦，和大学生一起旁听马克思主义哲学史。放学了，老师会带我一起出去吃饭，甚至，我有时候说今天太困了，老师会让我去他的寝室睡一觉。

其实，像我这样和老师的朋友关系，在同学中并不是特例。同学们有了情感问题，会找老师倾诉。我也谈过。老师也会跟我们说知心话，比如张老师，他是1977

年生的，刚刚结婚。我问他，为什么这么晚才结婚？他反问我："你看像我这样的人，多吗？"我说："不多。"他说："是啊，所以，适合我的女孩子就更难找到了。"他选择妻子的标准是，好看不重要，只看人好不好，他的理想是寻找人类的理性之光。我问他，没有爱情的日子会不会很寂寞？他说："假如把我的心灵画成一个饼图，政治热情占百分之二十，哲学热情占百分之十五，对历史的热情占百分之二十五，人生思考占百分之十五，对园艺生物的热情，占百分之十，我留给爱情的热情就不多了，既然不多，怎么会痛苦呢？"所以，这是逻辑上的必然。当有一个人可以在三更半夜跟你讨论政治、哲学、历史的时候，这个人必然对爱情不会有很强烈的热情了。这位老师的人生理想也在潜移默化中影响着我。

我特别享受这种亦师亦友、轻松平等的师生关系。读书小组为我打开了另一片天地，也让我有了更深的思考。我在想，我们这个社会盛行的是以多元文化为辅的主流文化，虽然看上去很多元，但实际上是单一的。我们现在的主流文化表现为娱乐、消费，以及资本主义文化的霸权，这是我们学校很不好的地方，同时也是社会的问题。我们学校的学生大多数家庭条件优越。学校理应和社会不同，教育应该有乌托邦性质，然而，我们学校还是沦为了某种主流文化肆虐的地方，注重娱乐和消费，这令我失望。

我的很多同学，天天在玩，在消费。如果你到我们学校来，走进每个教室，都会看到有学生在玩电脑游戏，更严重的是消费至上。我的同学经常出去聚餐，一顿饭动辄人均消费一百多。他们还有别的娱乐活动，KTV、真人CS（模拟对抗射击游戏）、打枪、轰趴、旅游（这个寒假，他们去的是北海道）。据我所知，每人每月的零花钱，至少一千元，用完就问父母要。我很矛盾，一方面想融入他们，一方面又觉得这样的生活不是我要的。很长时间，我都在挣扎。但是后来，有两个人改变了我的看法。一个是女孩，一个是男孩。准确地说，是女孩把我拉进了物质世界，而男孩激励我爬出了这个物质世界。男孩说："世俗的东西，应当去超越和看淡，你完全可以坚持自己的想法。"再后来，我遇到了那些影响我的老师，便更加坚定了自己的想法，知道自己要追求的是什么了。

目前，我正在申请美国的大学。其实，申请国外的大学，和高考的本质是一样的。我读过《单向度的人》，书里说，发达资本主义社会的本质是集权社会，他们通过多元的表象，掩盖集权的本质。就我们目前来看，现在存在的社会是这样的，如果能有超越单向度的认识，就可能拥有一种更加细致入微的考察。我相信有超越性力量的存在。其实，目标是微不足道的，运动和过程就是一切。最终，很美好的世界能否达到并不重要，重要的是，把我们所处的地方变得更美好。而我，现在正在这个过程中。

当我渐渐走出困惑和纠结，到后来，我看清楚了自己希望走的路。我曾经有过很强烈的孤独感，觉得没什么人可以一起玩。我向老师求助，我说："我觉得自己很孤独，你有没有这种感觉？如果你感到孤独，你会怎么排遣呢？"老师说，有两种方法，一种是读书，让自己和书中的人物建立联系；一种是玩游戏，和游戏中的虚拟人物建立联系。至于后一种方式，并不能说服我。我的大多数同学经常在教室里打游戏，他们难道从不感到孤独？我却从早到晚做作业，一早起来，有时连早饭也顾不上吃，就去找一个公用教室，直到晚上，我都在学习。我的孤独感反而比他们强烈。这是为什么？

我后来想明白了，其实我的孤独不是真正的孤独，我的孤独是一种内心的宁静。现在很多人看上去不孤独，实际上却是最孤独的。听说有一位美国作家在书中提过一种 The Lonely Crowd（孤独人群）的说法，从社会学角度去解释现代人为什么会产生孤独的问题。这本书我还没看过。我看的书真的挺少。

我当然设想过自己未来的人生。不管未来怎样，追随自己内心的想法是最重要的。我想尽力摆脱物化的世界，尽力摆脱文化霸权。在霸权之下的想法不是真正真实的想法，所以我才对那些理论著作着迷。我想，如果能追随自己的兴趣就是最好的人生。

我——鲍展鹏的补充说明

1. 关于我平和与开放的心态：我以前和老师谈过这个问题。他认为我之所以拥有这样的心态，老师的引导以及开明的学校环境只是一小部分原因，更重要的是我与生俱来的同情心和较为民主的家庭氛围。

2. 关于家庭：我感觉到您对我与父母心灵上的疏离感到惋惜，我却不。恩格斯曾经写过《家庭、私有制和国家的起源》，指出历史中出现的东西总是要在历史中灭亡。家庭也不过是为了私有制财产分配及性别压迫在历史中暂时存在的产物。也许有一天，家庭将在历史中消亡。在伦理价值的排列中，我并不将家庭置于前列。这与传统伦理道德不相符，但我相信这是现在年轻人的普遍想法。

3. 关于我的两个同学：先讲我的"初恋"。高一下半学期我和那个女孩走得很近，她是一位享乐主义者，她的享乐是有逻辑基础的。她常向我解释"人生苦短,及时行乐"的道理,与此同时把我带入班级同学主流的圈子。我们有时去酒吧喝酒,甚至喝醉,她觉得酒能帮助解决很多问题。但是我现在回想起来,觉得并不是这样。马克思曾经说过:"宗教是人民的鸦片。宗教里的苦难既是现实苦难的表现,又是对这种现实苦难的抗议。宗教是被压迫生灵的叹息,是无情世界的心境。"把宗教换成酒也是一样的道理,当然,换成消费社会、网络游戏等等更是如此。另外,她还会跟我讲一些人生哲理,或是如何识别他人、如何社交等的诀窍。我印象很深刻的是她有一次说,她觉得很多东西都是三层的,比如你表面很自卑,其实内心很孤傲,但再往里又是卑微的,只是我们往往不知道哪个是第一层,哪个是第二、第三层罢了。总之,她教给我很多道理,后来我因为无法忍受她的挥霍,也无法接受这样的物质生活方式,而与她疏远了,但是我依然很感谢她教给我的道理。

还有那个男孩。我是在和那个女孩疏远之后与这个男孩子走近的。他有时会特别暴躁,甚至凶悍,但是有时也会表现出无比的善良。他也会经常和我说理,有时也会争论。我印象深的是他喜欢将靶子对准另一位男同学,他对我说,他的目标是世俗的,他的一切都围绕世俗展开,我们不应当像他一样。

如果说那个女孩把我拉入了物质的世界，那么那个男生则让我脱离了物质世界。我很感谢他们两个。

4. 温情与敬意：虽然我认为批判是极其重要的，但是与此同时，保留一丝"温情与敬意"同等重要（此语出自钱穆《国史大纲》）。虽然同学们所处而不自知的消费社会是一个遏制创造力的社会，可是事实上无人能逃离。既要批判异化，也要对异化的成果，亦即文明的成果保持敬意。这一点更加适用于民间的生活、传统文化及其相关的一切。

5. 了解全面的社会：记得一次老师在课上问我们，谁知道高华和谭作人，只有我一人举手。同学不满，抱怨为何谈论大家都不知道的人。老师说："因为你们只看到了一小部分社会，而我们看到的更多一些。"我认为不管是通过旅游、考察、走向远方，还是通过文学作品和书籍，了解我们所处的时代和历史，特别是全面的社会都是极其重要的。我觉得大多数人自始至终只是生活在他们所处的阶层之内，而不能跳出阶层。

除了去河南信阳考察，我还去过安徽、江西、广东、吉林、新疆、内蒙古等地，顺便也看到了最普通的农村景象。有一年春节，我回来的时候只买到春运临客的站票，当时发生了一件让我印象深刻的事情。同学想去餐车后面的卧铺区（那里空一点，可能有地方坐），但列车员不允许。那位同学质问为什么，列车员没有给他回答，只是告诉他："社会上很多事情是没有理由的。"可能他看我们是学生，后来还是放我们过去了，我们在车厢连接处坐了一夜。"社会上很多事情是没有理由的"，这句话给我印象很深。黑格尔说，"现实性在其展开过程中表现为必然性"，没有理由的事正是无需改变的真实，而不是现实。今年寒假我们去东北，一共坐了一百三十个小时火车，全是硬座。春运的火车给我留下了深刻的印象，那是一个最真实、最多元的中国，一个社会最生动的写照。当然，了解社会本身并不够，更重要的是去批判它，让它变得更好。

6. 实践：如果说福柯告诉我们的是"真理不在权力之外"，弗洛伊德告诉我们的是"一切来自童年"，那么我从马克思主义当中读到的最重要的部分就是"实践"。思维本身不能改变什么，重要的是真正作用于世界。下面这段是我的一段实践经历，来自一篇微信公众号采访文章：

一场师生之间的谈判

鲍展鹏所在的国际学校有寄宿制度，宿舍里有一项规定，如果学生要用电脑，要先填电脑单，这张单子还需要科目老师签字，证明学生确实有相关科目作业需要带电脑回宿舍完成才行。如果作业多，学生就需要每天找老师签字。

如果没开电脑单就把电脑带回寝室，就算违纪，寝室管理员会给学生开违纪单，同时这个违纪还会报到学部去，学部会再开一张违纪单。

鲍展鹏觉得，这个制度很不合理，执行起来麻烦，一旦违纪，学生相当于一罪两罚，管理部门也过多，应该有优化的可能。

当时他想了很久解决方案。他征求过老师的意见，也通过学生微信平台征求过高中部同学的意见。

最后，鲍展鹏给生活部老师发了封邮件，没想到生活部老师态度很开明，欢迎他去谈谈，鲍展鹏就和生活部老师展开了"谈判"。

生活部老师认为电脑管理的主要原因是怕学生自控能力不够，做和学习无关的事情。

鲍展鹏则认为，这个电脑管理政策的问题在于没有可持续性。如果现在老师管得这么紧，等到了大学，谁管我们用电脑？不如现在放开一点，让学生学会自我管理才是关键。他又举了别的学校类似的政策，和这个政策具体实施时的不合理之处。

经过这轮开诚布公的谈判，高中部新的电脑制度出来了，学生每周只要填一次电脑单上交即可，也不需要老师签字了。在他的几番努力下，这条制度竟真的被打破了。

这段故事后来也被写进了鲍展鹏申请芝加哥大学的主文书里。

7.关于东北火车：寒假里去东北是为了省钱，也为了体验人生，全程都坐了火车硬座。刚开始有点担心，上海—长春单程就要三十个小时，但是真的坐了，反而就习惯了，觉得坐在火车上无所事事，看着窗外的风景，或者跟对面的人有一句没一句地说话，是一件很惬意的事情，而且，还练就了坐下来就睡着的能力。我们因为走的是旅游线路，大部分车次人不是太多，只有偶尔碰到春运回家的高峰线人才会特别多，也借机体验了一把春运。

印象最深刻的是K7035次，哈尔滨东—黑河。大量春运回家的客流导致硬座车厢严重超员，车上的寸土之地都被站满。检票时，数位警察、武警把守检票口，上车时车厢已满，靠列车员推才能进来，我们挤到车厢中间的位子用了十五分钟。坐下来以后，腿一点也没法动，所有的地方都堆满了东西。这还只是一趟十个小时左右的中短途列车。坐在我对面的一位老婆婆，至少六七十岁了，她说她从包头回黑河的家，从包头到哈尔滨只买到站票。不知老人家是如何撑过这一路的，但她讲话却是如此地平淡，不带一丝埋怨。

这是我所看到的中国火车：这里有贫苦的农民和工人；这里有苦读法律和哲学的知识分子；这里有返乡的打工者；这里有扛着相机寻路中国的洋人；这里有口若悬河的推销员；这里有严肃而一丝不苟的乘警。每个人，使尽浑身解数，找到一个舒服的姿势。这里，是大社会、大历史的缩影，是人生百态不经修饰的呈现;这里，是最真实、最多元的中国。这里，回家才是唯一的期盼。剩下的一切都是过眼云烟，不管是富贵还是贫贱，不管是庙堂还是江湖，都成了无比无力的注解。这时，人民就是一切。我想说的就是，许多人总是认为他们所过的生活就是世界的全部，特别是像我的同学这般家庭富裕的人，却不曾意识到当他们坐在高铁一等座的软椅上时，还有无数农民工在冰冷的车厢里瑟瑟发抖，更不曾意识到他们牺牲了家庭，挥洒着汗水,为城镇面貌的革新做出了不懈的努力。事实上,铁路的发展史从某种意义上来说就是一部活生生的中国现代史。

写在边上
理想永远都年轻

  为了更加忠于真实,我最终决定附上鲍展鹏给我的补充邮件原文。如果沉下心细读,你会发现,那些粗看琐屑却耐得咀嚼的文字里有这个新时代男孩坦诚的表情、思想和心声。

  当我写完这篇文字时,鲍展鹏已身在美国芝加哥大学,他早早地在微信朋友圈里用幽默的口吻征求圣诞节同去南美的旅伴。对于他,这个即将来到的最近的假期,又是一次深入他乡异国的"实践"机会。

  倾听鲍展鹏,是一件轻松的、充满惊喜的事情。这个表情略带腼腆的青涩男孩,说话的时候喜欢微笑。他笑着,露出一圈亮光闪闪的牙箍,显露自然可爱的男孩本色。可是,这个貌似与同龄都市男孩无异的人,却不断刷新着我对这一代孩子的认知。

写作这些文字的我，仿佛穿越忽明忽暗的隧道，那趟披星戴月、翻山越岭的时间列车已然沧桑斑驳，就在即将抵达终点时，眼前豁然舒朗——那里天高云淡，沃野千里，只觉得天地尽头，苍茫之下，定是孕育着一个理想新世界。

我曾数次在倾听中因悲悯、叹惋、痛惜而落泪，鲍展鹏给予我不同的体验。倾听他时，我感叹和欣慰，落笔时，我亦出乎意料地泪湿——不是因为悲伤，而是出于感动以及难以言喻的欣喜和慰藉。这个与众不同的男孩，他的见识和志向得益于全新的时代，他的难得在于，早早地在进入社会之前，便能逆潮流而上，唯我独醒，去追求真理和理想的生活，那样的生活，不仅仅属于他自己。他在努力地贴地而行，每一个坚实的脚印都会成为他在不久的将来起飞的基石。这个男孩的精神世界或许会令很多在俗世中迷失的成年人自惭形秽。

理想，永远不会是一个过时的词儿。它可能是远方闪亮的财宝，也可能是身后绚烂的烟花。它值得我们不惜一切，付出青春甚至生命的代价。我们因理想而光荣，也可能因理想的破碎而颓丧。只愿，刚刚走向世界的男孩，在未来的人生里经受住一切可能的颠沛流离、风雨摧折，正如那首我喜欢的歌里唱的：

已是当父亲的年纪

理想永远都年轻

你让我倔强地反抗着命运

你让我变得苍白

却依然天真地相信花儿会再次地盛开……

我只和妈妈说学校里有趣的事

受 访 者 | 妮妮
职　　业 | 小学生
出生年份 | 2005 年

从住读开始，我的心里一直空空的

我从一年级开始就住校了。

刚开始我特别想不开：爸爸妈妈为什么要把我一个人丢在学校里？每天晚上我都想他们，希望他们陪着我睡觉。我感觉无助、孤独，有被抛弃的感觉。我问他们，为什么要把我放在学校啊？是不是把我丢掉了？他们说，工作实在太忙了，怎么会舍得把我丢掉呢？

星期一早晨和爸爸妈妈告别的时候，我一直在哭。老师就抱着我，哄我说："没关系的，五天过得很快的。"我说："不，很慢的！"同学们在教室里哭成一团，有的同学甚至哭得赖在地上。我没有赖在地上，因为我不敢。有那么一刻，我产生了一种冲动：趁老师不在的时候冲出教室，冲出校门。我想回家！学校离家很近，只隔一条马路，我在教室里就可以看到我的家。我真的搞不懂，明明学校离家很近，为什么还要让我住校呢？他们难道连接送我的时间也没有？我很伤心，一直站在走廊那里眺望我家的窗口。我无数次想象自己一个人冲到校门口，待在那里不回教室，爸爸妈妈来了一定会把我接回家的。但我只是想象，我不敢真的这么做。

不过，那只是一年级时候的心情。现在啊，现在最好永远都待在学校里。因为回到家没有人陪我玩，在学校里有那么多同学在身边，不会感到寂寞。

只是从住读开始，我的心里一直空空的。虽然我现在很喜欢学校，但还是很想家。我想妈妈，想妈妈抱抱我，我也抱着妈妈。尤其是晚上睡觉的时候，更想。

我真的很爱自己的妈妈。我一直觉得我妈妈很漂亮。我身边带着一张照片，爸爸妈妈抱着当时只有四岁的我。同学们会议论说："啊，你爸爸好帅啊，你妈妈好漂亮啊！"我就感觉很自豪。

过了今年暑假，我就要升中学了。初中第一年不需要住读，我反而更想住读了。可是刚上一年级的时候，因为离开了爸爸妈妈，那种伤心的感觉到现在还在，心里面感觉很痛、很空。我也不知道这是为什么。孤单，害怕，没有安全感。但我从来没有怪过爸爸妈妈，我觉得我可以理解他们。我想，他们把我安排到寄宿学校是有原因的，我也不后悔寄宿。我感谢爸爸妈妈让我遇到了这些同学。我有一大堆好朋友，今天想和谁玩就和谁玩，明天想和谁玩就和谁玩，可以不停地轮换。那些朋友对我来说都很重要，少一个都不行。和他们在一起，我觉得特别愉快。

她看我的时候，总有那种特别不高兴的样子

我经常和好朋友玩游戏。

有一个小萝卜头，她长得特别矮，又很瘦，留着童花头，黑黑的皮肤，脸上还长着小雀斑。她的性格很好，喜欢和我一起玩。我们两个互相挠痒痒，然后追来追去。我叫她小猪，我说："我要杀猪啦。"她就赶紧尖叫着逃走了，逃到我找不到的地方。我不太喜欢别的游戏，什么拍手啦之类的。男生们特别无聊，他们发明了一种叫"斗笔"的游戏，就是两个人在一起转笔，把别人的笔弹到地上去，就算赢。他们上课的时候也在玩，结果让老师把笔都没收了。

还有一个叫圆圆的，她人很瘦，却有非常圆的脸蛋。小猪说她的脸是用肉垒起来的。她皮肤很白，性格也非常好，很温柔，从来不发脾气。不知道为什么，她会像猫咪一样，发出嗯嗯嗯的声音，让人头皮发麻。她的动

作也像一只猫，走路的时候，软软的，像猫一样轻。如果她不高兴了，就会把鼻子皱起来，她的脸就变成了一张猫咪脸。

还有一个是令我印象很深的同学，她的皮肤很白很白，她却说她已经晒黑了。可是就算晒黑了，在我眼里，她的皮肤还是像墙壁一样白。她的爸爸妈妈都是中国人，她却有着一双亚麻色的眼睛，连头发也是亚麻色的。她很胖，脸上也有雀斑。她喜欢笑，说起话来好像开机关枪[1]，可以不断气地一连串地说。她有时候会突然很激动，激动得跳起来，还做各种奇怪的动作，特别夸张。

哦，我也有遗憾。我最大的遗憾是没有学跳舞。我学过钢琴、芭蕾，可是我韧带太紧，劈叉劈不了，老师死按都按不下去，后来我就放弃了。

我发现我们老师都特别偏爱会跳舞的女孩子。我们班级有一个大队主席，她叫娜娜，非常厉害。我看过你写的《看着你的眼睛》，我发现她的眼睛就像你写的那个女孩。她看我的时候，总有那种特别不高兴的样子，这种眼神让我很不自在。我特别羡慕她，她跳舞跳得简直可以用"令人震撼"来形容。她会做高难度的动作，会跳机器

1　机枪的旧称。——编著注

舞、鬼步舞、街舞，老师很喜欢她，也很信任她。老师当着我们的面对她说："你跳舞跳得真好，我真喜欢你！"我们都很希望像她那样。

我很希望自己能够变成她。我有点喜欢她，也可能有点嫉妒她。她对自己要求很高，很要强，管理班级的时候，也特别凶，还会踢人、打人。她个子很小，好像这么一凶，个子就变高了一样。

娜娜和我住在一个寝室。让我觉得别扭的是，她好像特别不喜欢我，我也不知道她为什么不喜欢我。每次我说什么，她就会找碴儿。我得了什么奖回来，她就会瞪我一眼。我算是寝室里学习比较好的一个。我当值班班长那天，给同学们分发点心，吃完了要负责把点心袋子扔到垃圾桶里。当时因为有一组同学在说话，我提醒他们，没来得及把别的同学的包装袋丢到垃圾桶里，她就特别不高兴地当着大家的面问我："你怎么搞的？！"我说："他们在说话，我提醒他们。"她瞥了我一眼，哼了一声。她经常用这种态度对我，让我觉得很尴尬、很害怕。有时她还抓住这种机会让我出丑。我管理班级的时候，她会指责我，说我这样管得不对，应该那样。我特别害怕她来找碴儿。

可是，娜娜很受班级男生的喜欢。男生们看见她跳舞，简直惊呆了。她的身材很好，有一头很漂亮的长头发。她是我们班级里第一个留长发的，喜欢把头发披下来，跳舞的时候，长头发一甩一甩，很震撼。隔壁的男生也会折一朵花，在一堆同学面前，对她说："娜娜，我爱你。"然后单膝下跪向她献花。我算过了，从一年级到现在，喜欢她的男生至少有八个。有一个男生是我们班体育最好的，在看电视的时候，她把头靠在那个男生肩上。当时，我就感觉，怎么这么早熟啊。

我问过娜娜："你以前是和那个男生很要好吗？"她很尴尬，说那个男生以前总是给她吃很多东西，为了吃东西，她就和他一起玩了。不过，现在他们不要好了，娜娜经常当着全班的面批评那个男生。

❉ 你小时候是不是有很多男生喜欢你呢 ❉

娜娜是我们班级里职位最高的人，她是大队主席，有权力，她可以管我们，我们却管不了她。每次竞选时，娜娜都会跳舞，每回，她都能选上。包括优秀少先队员等各种评选，娜娜也都能选上。我觉得，舞蹈特别能提升女孩的气质。娜娜的五官不算好看，可是跳舞让她变得很好看。

娜娜不但会跳舞，还会编舞，她在班级里成立了一个女生舞蹈团，但她从来没有选过我。所以我觉得她不喜欢我。我好想参加她的舞蹈团。娜娜这么优秀，可她也有烦恼。她有时会在寝室里哭，说感觉自己太累了，老师总是让她干这干那。如果我们寝室的同学表现不好，老师批评她，她就会感到自责，也会哭。我心里很同情她。我有一次问她："你讨厌我吗？"她一开始说："没有啊。"我感觉她在装。问了几次后，她说："对，我讨厌你。"我问了四遍以后才得到了这个回答。我说："好吧，你终于说实话了。"她回答我的时候，态度很凶很凶。我哭着问她，为什么要讨厌我？这时候，小猪、圆圆、玲玲，还有几个好朋友都过来安慰我。我不明白，我是轻声问她，她却回答得很响。是的，她在班级里有自己的权威，别人听见了，都朝我们这边看。我真的很难过，我特别想交到一个像娜娜这样优秀的朋友，可她拒绝了我。

但我没有从此远离她。她这么讨厌我，也许把我当成了竞争对手。我经常看见她对我冷笑，"切！"就这样笑一下。她这样，我无能为力，因为我处于弱者的位置。老师总是向我们灌输，她是标杆，大家要向她学习。我是中队主席，她是大队主席，我和她差了整整一级啊。

我想，既然你把我当你的竞争对手，那我也和你竞争吧。我后来对她说："你既然讨厌我，我们应该重新认识一下。"我向她伸出了手,她也握了。我们就这样轻轻握了握手。后来我们关系稍微好一点了,但她还是不接受我,我就无能为力了。有时候她也会装作很友好,我们都装作友好的样子,聊一些事。在寝室里,我和娜娜也会有交流,她说,其实她知道有很多人也不喜欢她。我问她这话是什么意思,她不说,无奈地苦笑了一下。

她说的也许是对的,很多同学当面跟她好,实际上不一定喜欢她。她有那么多权力,可是她太强势了。

这个问题是我目前遇到的最大的烦恼,可能就是那种弱者想靠近强者又被拒绝了的感觉。我也会嫉妒娜娜,我不知道嫉妒她什么,也许是因为没有一个男孩子喜欢过我。喜欢她的男孩子太多她会很烦,可是,没人喜欢也是一件烦心事。

我长这么大,还没有男孩子向我表达过那种喜欢,我只是和他们保持着友好的关系。可能是由于我的性格原因吧,就是说,我太像好学生了,我太拘谨了。娜娜是一个性格非常放得开的人,她和男生们追打,我却从来不和他们追打。

姐姐,你小时候是不是有很多男生喜欢你呢?男生喜欢一个女生就会帮助她。我也向往这样的帮助。

我不想还击娜娜对我的敌意。她在舞台上跳舞,浑

身发着光,很耀眼,我很欣赏她。当娜娜带着舞蹈队跳舞时,我感到很孤独。但我知道自己跳不了,如果加入她们,我会出丑。我的身体条件、协调性、韧带都不行,我觉得自己好胖。但实际上很多人说我瘦呢。你看,娜娜头发长长的,脸特别小。令我惊讶的是,娜娜也会抱怨自己胖,她不到一米四的身高,才五十多斤。

我还是喜欢一年级时刚刚认识的娜娜,那时候她很温柔,胆子也很小,扎着细细的马尾辫,眼睛里有一种害怕。后来,老师培养她了,她就有了竞争意识,我也不知道是什么影响着她。她是从二年级开始改变的。那时她就当中队主席了,管理同学的时候很凶,谁不乖,就踢他一脚。我是到五年级才开始当中队主席的,我也想像她一样凶,不凶是管不好班级的。

可是,我管人家,叫人家上课别说话,对方就回敬我:"你烦死了,你还要在这儿装。"还有的男生特别低俗,经常辱骂女孩。有个男生,从一年级就开始骂脏话,可他也为班级服务,是男生里面的"老大"。自习时,我说他:"别说话,安静!"他朝我翻个白眼,说:"切,你懂什么?"旁边很多男生就开始起哄,教室里炸开了锅……

每当这种时候,我就很难过。我现在知道"凶"不是好办法,我正在努力地改。可是,这让我很为难。有些男生，你越是温柔，他们越是要反抗，自习的时候，常常害得我作业完不成。可老师不管这些，老师只在乎你能不能管理好班级……

这些事，我都不和妈妈说。我只和妈妈说学校里有趣的事。就是说了，妈妈也不一定能理解，她会觉得我想这么多没有必要。可是，我就是想得很多，有时累得直想哭……

写在边上

比天空还要大的小烦恼

妮妮是这一系列"访问童年"的尾声，但并不等于结束。更多的妮妮们正在拔节生长。

妮妮的烦恼在大人听来或许琐屑而无足轻重，正如妮妮自己所认为的，"就是说了，妈妈也不一定能理解"。很多人长大了，就把自己的童年像旧帽子一样扔在了一边，忘记了自己小时候曾经的害怕、恐惧、惶惑和忧伤。那些长大后看起来不过是茶杯里的风波，小时候却曾经像惊涛骇浪一样压抑过我们，吞噬过我们。那些和欢乐、单纯并存的小烦恼，真的比天空还要大呀！然而，大人们却往往用心不在焉、轻描淡写，就把那些心事重重的小孩子打发了。

小孩儿的王国有着自己的秩序，它遵循着另一套逻辑，每一个在其中运行的小棋子儿，都需要找到自己的轨道，确认自己的位置。无论时代如何进步，我们都会发现，孩子的小烦恼万变不离其宗：亲情、友情、自我认知、孤独、不被理解、被轻视、被排斥、愿望与现实的落差……唯一新鲜的，我们在妮妮的故事里听到了一些成人世界里盛行的词语，比如：权力、压力、等级。这个世界上，最容易被社会和家庭环境裹挟的，就是孩子。

你可以用大人的阅历和经验去破解妮妮的小烦恼，然而，所有的解释和答案其实都是无力和苍白的，唯有自我经历，自我碰壁，才有可能自我开解。正如妮妮反思了自己，决定不再对同学"凶"；正如她设身处地去体恤竞争对手娜娜的心境，获得了另一种内心的舒朗；正如她正视了自己隐秘的嫉妒，在人格的修炼上更进了一层。那些比天空还要大的小烦恼，其实很美，仿佛装点路边的野花，给予成长的，不是牵绊，而是花香。

重返童年

早逝的二哥永远不会知道，他对我的生活道路起了多大的作用

受 访 者 ｜ 任溶溶
职　　业 ｜ 作家、翻译家
出生年份 ｜ 1923 年

说起小时候，最忘不了的是因宣传抗日而精神失常的二哥，当时，家人要我在家陪着他，我受到了他的爱国教育。我后来参加新四军，我二哥最赞成。

照理说，有个二哥，就应该有个大哥。可是，我没有大哥。等到我懂事，我猜想大哥在我出生前便已经夭折了。当然，这只是我的猜测，大人从未提起过这事。

我的二哥比我大五岁。他性格文静，又聪明，读书极好，受到我父亲的宠爱。按照旧时习俗，实为长兄的二哥理所当然要继承家业，受到父亲偏爱也是自然。父亲去看电影什么的，总是带他去，从来没有我的份。旁人看不过去，说父亲偏心，连我的奶妈也为我抱不平。可我无所谓。我生来比较达观，有好多事情可以打发时间，看看连环画，玩玩无锡大阿福，很能自得其乐。

大家给我一个外号"Dabe"，意思是形容我大大咧咧，

什么都不在乎。其实我真的不妒忌我二哥，相反，我还十分崇拜他。我第一次上私塾读书，正是二哥领我去的。不过，我很没出息，看到私塾里面规矩森严的可怕样子，我转身就溜回家。二哥在后面追我，我跑得比兔子还快，他怎么样也追不上我。

五岁那年，我和二哥一起回广州。后来，我在荔枝湾岭南分校读小学，他在岭南大学本部（今中山大学）读中学，他是住读的。他穿了当时广州流行的学生装，真是帅极了。不过，那种学生装只在广州流行了一段日子，式样有些古怪，你们一定没见过，也想象不出来。是什么式样呢？就是上身穿旧式妇女穿的大襟衫，下身穿一条腊肠裤（西装长裤），中不中，洋不洋，男不男，女不女。

1931年，"九一八"事件爆发，全国要求抗日救国的呼声高涨。在广州，国立中山大学和岭南大学的学生运动是最积极的，我二哥也投身其中。

有一天下午，可能是星期六，我在家里看书，我母亲在搓麻将，忽然看见二哥的老师把二哥送了回来。二哥脸色苍白，眼神呆滞，身子软塌塌的，靠在他的老师肩上。原来，他跟同学们一起到街头宣传抗日，过于激动，竟致昏倒。更令我们想不到的是，他醒来后，精神就失常了。

从此，二哥只好在家静养，只要我在家，就会寸步不离地守护他。他坐在那里，会忽然站起来大叫："东洋鬼来了，要抵抗啊！"那样子真叫我害怕。可是大人们安慰说，二哥的病会好的，不要怕，二哥是为了爱国才病的。大人这么说，倒让原先懵懂无知的我关心起国家大事来。几个月后，二哥的病真的治好了，我家还送了一个大牌匾给那位帮二哥治病的医师。

二哥病愈后，母亲带他回上海继续求学，把我留在了广州，和二哥的联系就比较少了。我只知道几年后，他又生了一场大病，身体不好，只得又回广州休养。见到二哥，感觉和过去一样亲切，他还是老样子，话不多，爱书如命，整天看书看报。1937年，抗战爆发了，日本人的飞机轰炸广州，我们全家回老家避难。也就在那时，我二哥和一个姑娘成了亲。

那些年，我们全家颠沛流离。上海沦为"孤岛"以后，我们又逃难回上海。1940年，十七岁的我偷偷离家去苏北参加了新四军。后来想，那是受了二哥的影响。不过第二年，我就因病从部队回到了上海。回到家，第一个对我参加新四军表示赞许的就是二哥。他说话口齿不清，对我竖起大拇指，连声说："好，好，好！"

就在这一年，病弱的二哥去世了。年仅二十二岁，留下了一个遗腹女。二哥的女儿遗传了二哥的才能,读书也非常好,后来当上了教授。二哥在天之灵如果知道,一定会感到安慰的。

我早逝的二哥并不知道,他当时的爱国行动对我后来的生活道路起了很大的作用。他也永远不会知道了。

我没有跑,这个时候逃回家真是丢死人啦!

受 访 者｜天下白
职　　业｜离休干部
出生年份｜1927 年

我家住在常州东门,一个叫作毛家桥的地方。那个镇现在冷落得很,在我的记忆里却很美、很热闹,镇上有新街和老街,有饭店、布店和钱庄。街的尽头是大河,沿着台阶走下去,就能游泳。那水清的呀,看得见自己的脚丫子,人们在码头上淘米,各种各样的鱼都游过来了,河边一排桑树和柳树,我经常爬树采桑葚吃。过了石桥,就见一片稻田,还有大片大片的紫云英,往下一躺,那花丛里就印上了一个人影……

前年我回到老家,可惜旧景不再。街道破落了,河水也不清了。小时候的记忆已经永远回不去了。

当年,我的祖父在老家很有威望,人家骑马路过门前,都要下来向他请安。他开过赌场,在当地有点权势,做人也慷慨大度,过年的时候,会烧了稀饭请穷人吃。我父亲是个懦弱的人,家里都由祖父拿主意。我母亲是童养媳,她只在灶头吃饭,从来不上桌。我们这样一个家,没想到出了哥哥和我两个参加革命的。

我小时候的性格像个男孩子,大人也管不了我。见我下河游泳,父亲说,这还得了,女孩子家,穿着短衣短裤在水里扑腾,像什么样子!父亲是个老实人,发起火来像个炮仗。我不和他顶,躲得远远的。他发完脾气,也就没事了。后来,我不但自己游,还带着隔壁女孩娟子游,拿一块门板,让她趴在上面学。娟子母亲看见了,骂娟子丢人现眼,娟子就把我供了出来,说是我怂恿的。娟子母亲就去找我父亲告状,我父亲更火了。趁他发火前,我赶紧逃走,躲进了稻草垛里。

20世纪30年代,毛家桥的政治情况已经比较复杂,有日本军队驻守,有国民党,有三青团(国民党三民主义青年团),也有中共地下党。

我听说过新四军,也接触过地下党员。我对门邻居李嫂嫂的爱人就是片区的中共地下党区长。我本能地亲近他们。我还认识一个给日本皇军当翻译的小伙子,叫小毛,他比我大不了几岁。他妈妈在日本人家里当保姆,所以他懂一点日语。

我家对门有个女的是妓女,小毛经常陪着那个日本人过来。那日本人进去找妓女,小毛就在门口等。我指指妓女的门,对小毛说:"你不能给他们当翻译,日本人是来侵略的，他们不会一直在这里待下去的！"小毛不置可否。我又说："以后，日本人要走的。你是中国人，走不了。大家都看得很清楚，你应该做点好事。"

后来又有一回，日本人来抓"抗属"，仍旧是小毛当翻译。李嫂嫂从门里走出来，小毛明知她是抗属，却没有指认她。我当时就想，我那些话定是对小毛起了作用的。

我加入中共地下党时只有十五岁，那是1942年。我入党，家里人都不知道。当时未必有多么崇高的信仰，只是凭着本能做出自己的选择。就像我对小毛说的那些话，并没有什么理论依据，凭的也是自己最真实的想法。

1945年中秋，我瞒着家人参了军。我是偷偷摸摸走的，先是参加武进县[1]文艺青年工作队，我们唱着歌，准备过江去苏北。

我们常唱的那首歌叫作《孤岛天堂》。直到现在，我在老战士合唱团里也经常唱：

> 中华民族正寄予你无穷的希望。为什么你还这样堕落荒唐？快抹去辛酸的眼泪，脱下你华贵的衣裳，好走上保卫民族的前线，扫荡那满山遍野的豺狼！

---

1 现为常州市武进区。——编者注

我们唱得器宇轩昂,热血沸腾。但是,临到了江边,眼看就要渡江了,有些人却犹豫了,退缩了,他们在渡江前就打道回府了。他们都和我差不多年纪,其实还是孩子,知道去苏北太苦了。苏北和苏南简直是两个世界。他们没有接受过充分的革命教育,打退堂鼓也很正常。

我没有跑,因为我自尊心强,这个时候逃回家真是丢死人啦!到了苏北,果然很苦,吃小米,睡猪圈。但是,再苦我也不会跑。

我偷偷参军后,再也没有家里的半点消息。我和家人再见已经是1949年以后了,那时候我们已经彻底赢得了胜利。

我没有生日

受访者｜燕申兰
职　　业｜艺术工作者
出生年份｜1945 年

我没有生日。

也许正因为如此，即便父母和弟弟妹妹们都知道自己的生日，他们也都不过生日。我印象最深的是，从小到大填写表格的时候，遇到生日这一栏，我都会犯愁。我只能确认自己出生在 1945 年抗战胜利那一年，至于具体的日期，就说不出来了。那是因为，我的父母都不记得我出生的日子。

我对四岁以前的日子几乎没有记忆，唯一的记忆残片，犹如老旧的黑白电影，偶尔闪回过我的脑际。灰暗的天空，荒凉的田野，我和父母乘坐的马车突然翻倒在路边，我被甩出了老远。有一个叔叔慌忙把我抱起来，放到田埂上，欣喜地说："哎哟，他还能走，还能走！"

我的母亲只记得我出生时的情形。她怀我的时候，日本人围追堵截，父母所在的部队在一个村子住几天就要转移，根本没有心思记日子。那天，正跟着大部队转移的母亲突然觉得肚子痛，有经验的老同志说怕是要生了，但四周荒山野岭的，上哪儿去生？赶车的老乡说，不远处有个小村子，再忍一忍，到那里就有办法了。母亲硬是咬牙强忍着，痛得几乎失去了意识，迷迷糊糊地到了村子。瞅见第一家农户，大家七手八脚地将大门拆卸下来，把母亲放到门板上，抬进了老乡家……我就是在那块门板上出生的。

母亲说，虽然我降生的日子记不住，但有一点是肯定的，我生在小日本8月15日投降前。因为我生下来那会儿，抗战尚未胜利。对我的出生，大家喜忧参半。欢喜的是，我长得可爱，讨人喜欢；忧的是，战争岁月，带个吃奶的孩子打仗十分不便，万一在行军打仗时，我的哭闹声惊扰了敌方，很可能因为我而全军覆没。所以那时，母亲动过将我送人的念头。老乡都已经选好，人家也答应收留我。但最终，母亲还是没有舍得将我送出去，否则，我就是另一种命运了。我听母亲说，那个年月将孩子送出去的，胜利后父母们都回去找过，但十有八九空手而归。那些孩子不是病死就是饿死了。如此想来，我是何其幸运，居然跟着打仗的父母熬过了最艰苦的岁月，期间虽然也差点病死，但最终还是活着挺了过来。

后来，革命胜利了，我又有了四个弟弟妹妹。但在我们家，我的生日似乎成了一个"禁忌"，父母会有意无意地回避，弟弟妹妹受我的"连累"，也都不过生日。长大一点，每当目睹别人庆祝生日，或者唱生日快乐歌时，我的心里都会涌起异样的感觉，那自然不是欢欣或者羡慕，而是一幅与眼前的欢庆场面格格不入的景象：荒芜峥嵘的山坳、斑驳光秃的门板、皮包骨头的幼童、乌黑的灶头上滚沸的药罐子……于是，我也像父母一样，有意无意地回避别人过生日的场面，独自面壁。

我仿佛成了一个"生日的弃儿"。不知道这是不是冥冥中的注定，不知道生日的我，在成长中也仿佛是一个"隐形人"。

我对自己的生日不重视，对自己也不重视。成长期的我，一直不是受大人重视的"好孩子"。我对童年比较清楚的记忆是四岁以后了。1949年新中国成立了，父母带着我从晋察冀根据地到了天津，在那里我上过一年幼儿园。可是，那段幼儿园生活却给我造成了一生的心理阴影。我的父母是"土八路"，革命成功，进了大城市。我是个在乡下长大的野孩子，进了大城市的幼儿园，自然不懂得守规矩、听老师的话，老师对我很头痛。老师对我的评语是：太调皮，不听话，爱钻到桌子底下去。我长大后，才看到了幼儿园老师给我的评语，它居然被我收藏着。我还记得，幼儿园时曾经被老师把胳膊拽脱臼，我现在还记得那老师的名字，叫吉艺青（音），但我不知道那三个字怎么写。当时疼痛的感觉早已不记得了，但我记得自己右肩绑过什么东西，还依稀记得那时候在心里恨老师的情感。

我后来想，自己性格里有些阴暗的、负面的东西，可能和小时候的某些经历有关。我不是一个听话的孩子，不是一个聪明的孩子，不是一个守规矩的孩子，也不是一个会讨好别人的孩子。后来，我又跟着父母从天津到了北京，一路住读，从小学的干部子弟学校，到初中的育才学校，再到高中的中央美院附中。每当我来到一个新环境，很容易产生一种疏离感和对立感。我与人交往也有一些障碍。小时候对这个当然没有意识，是后来做人生总结时，才将自己的某种"阴暗"心理和小时候的遭遇联系起来。

我特别同意儿童心理学者关于童年期的一些理论。比如，我小时候，曾经在天津看过一部电影，讲的是一个童养媳在一个地主家受苦，被欺负，明明是地主的孩子把灯打坏了，却嫁祸给童养媳，然后童养媳遭到了毒打。一部很悲情很压抑的电影。当时看得我心里特抽，我心想，这么冤，还得不到发泄。这种感觉对我的影响一直持续到现在，后来，我特别不愿意看这类逆来顺受的悲情电影。我并不反感悲剧，但悲剧里要有力量，要有反抗，有希望撑着，如果黑暗到没有希望，我就无法接受。

但是，对于当年那个正在长大的我来说，虽然不受到重视，虽然被认为是后进生，我却是麻木的，会觉得这是理所当然的。别人越这么说，我就越麻木，有些逆来顺受的意思。

我一直属于"落后学生"，不是因为我学习不好，而是不求上进。举个例子，在北京上小学时，我们班在四年级的时候成了全校第一个红领巾班，最后两个戴上红领巾的孩子里就有我。我也不清楚自己差在哪里，但我一直没有信心，觉得老师不喜欢我。我是一个不会亲近人的孩子，也不积极主动，对人总是冷冷的。

因为上小学时就住读，我和家人在一起的时间很少，对父母不亲近，对家务也没有什么概念。偶尔在家，我很讨厌做家务，比如扫地、洗衣服、捅煤球炉什么的，这些事我都不爱干。困难时期粮食和菜缺乏，父母所在的机关大院在郊区开荒种菜，别人干得热火朝天，我一门心思想画画，干活不努力，偷懒。父亲看不惯，过来就踢我一脚："这么懒！"我的印象里，父亲是个严厉的人。调皮的我没有少让他操心。可是，他在别人眼里完全是相反的形象，我表姐从小就住在我们家，她看到我后来写父亲的文章，说："你怎么可以这么写？你爸爸是个非常和蔼的人啊。"

但是，父亲的严厉和母亲的苦口婆心并没有激发我的上进心。到了初中，我成了一个彻头彻尾的被别人定性的"落后生"。我只讲真话，讨厌说虚伪的话，更不会唱赞歌。我的作文不好，因为老师总出那样的作文题：《我们班里的新气象》。我觉得班里并没有什么新气象，实在写不出什么来，拖到最后，只能勉强写几句交差。那样的作文自然只能得三分。那时候，大家都在争做"三好生"，我却在开班会时公开讲"我不争"，因为我觉得自己学习成绩不够好。"三好生"得门门五分，我都是三分、四分，而且"三好生"觉悟高，我觉得自己的觉悟不够高。我不过是讲了真话而已，可是，说真话却让我陷入了尴尬的处境。班里的团支部马上开会帮助我，可他们越是帮助我，我越逆反。老师通知了我的父亲，忧心忡忡地转达了我的严重问题，父亲严厉地训斥了我。可是，我嘴上不说，心里却并不觉得自己有什么错。

我的童年其实在"文革"开始前就结束了。在我的记忆里，我在中央美院附中度过了三年一生中最明亮的时光，同学之间没有猜忌、角斗，有的是纯洁的友情和无邪的爱。我无忧无虑地生活在学校仅有的那四层大楼和篮球场上。直到附中最后一年，迎来了非同寻常的一年。我所在的学校被推到了"阶级斗争的风口浪尖上"，我的青葱岁月彻底结束。尽管，那时我仍旧是个只知道玩耍的大男孩儿，但我被迫卷入和目睹后来那幕荒诞剧……

不过，相比同龄人和比我小几岁的那一代"老三届"，我也许算是幸运的：出身于干部家庭，上的是干部子弟学校，没有上山下乡，还拥有自己的专业……但是，我想，任何人，无论是富翁还是穷光蛋，在成长期都有过各自的不幸和遗憾，幸福与不幸的感觉对于任何个体的孩子都是公平的。

照耀我一生的三个童年片段

受 访 者 | 赵元昌
职　　业 | 地质队员
出生年份 | 1953 年

20 世纪 50 年代末，我上小学了。那是一所位于弄堂里的小学校，每天进校前，都要在校门口排队。

我还记得那所小学叫作吉安路小学，弄堂两边都是两三层的街面房，附近还有座寺庙。那天，一年级的我排在队伍中间，不一会儿，队伍移动了，我跟着前面的小朋友往前走。忽然，旁边有人惊呼："哦哟！小弟弟把小鸡踩死了！"我吓了一跳。当时，正好有一只老母鸡带着好多小鸡在旁边走，我前面一个男孩先踩到一只小鸡，我刹不住，也一脚踩在了小鸡身上。确切地说，是他先踩，我补上了第二脚。我辩解说："不是我踩死的，我踩的时候，它已经躺在地上了。"排在前面的男孩也承认是他先踩的，我踩的是第二脚。我当时又害怕又委屈，明明不是我第一个踩的，小鸡却死在我的脚下。

这时候，人群里挤出来一个留着小辫子的男孩，看上去上四五年级。男孩说："你要赔，赔我们家的鸡！"

我吓坏了,对我来说,这真是一件天大的事情。我对排在前面的男孩说:"如果赔,应该我们两个各赔一半。"那男孩却摇晃着脑袋说:"还是应该你赔吧。"带队的张老师听见了,走了过来。我紧张得直打哆嗦。这时候,小主人家的奶奶从人群里走了出来,她操着一口苏北话说:"没得关系,不要赔啦。家里还有呢!"

老奶奶的话一下子帮我解了围。

我默默地回到学校,用自来水冲洗了脚上的塑料凉鞋——那只鞋子刚刚踩死了一只可爱的小生命。然后,我一直呆呆地坐在教室里。那一刻内疚和恐惧的感觉刻骨铭心。

从此,每次排队,我都格外小心,看看脚下有没有东西,会不会踩着什么。这个走路的习惯我一直保持到现在,生怕因为自己的过失对别人造成伤害。

虽然老奶奶没有让我赔她家的小鸡,但我心里始终存着内疚,每次经过那里,都会想起被我踩死的小鸡,想起老奶奶的宽慰。一个小生命死在我的脚下,这对一个孩子来说,是天大的阴影。但老奶奶的安慰又给了我温暖。这件事对我来说,意义很复杂。后来,我在校门口排队时,也经常遇见那位苏北老奶奶。见了我,她又安慰我,说:"没得关系!"还警告身边的小孙子,不许再来打我责骂我。她还会给我吃几粒弹子糖，是那种颗粒很小的甜甜的弹子糖。

这件事如今想来似乎很微小，但是这位苏北老奶奶对我的一生却有着决定性的意义。她让我意识到，要学会换位思考。如果没有刻骨体验，无法有这种感悟，也不可能有彻骨的反省和醒悟。这件事曾经让当时的我感到天大的压力，我一个八岁的孩子怎么拿得出五分钱来赔给人家呢？在一个小孩眼里，小事也会变成天大的事。而老奶奶的一句话，就轻而易举地搬掉了压在我身上的大石头。

从此以后，我也学会了换位思考。别人做了什么事，我都会想一想，他为什么会这样做，我会反省，是不是有别的原因。我感恩老奶奶，她说不出大道理，可她简简单单一句话，犹如当众释放了我这个"小犯罪分子"。老奶奶把我"放"走了，我当时想，以后等我有了钱，我一定要买一只鸡赔给她。可是，我一直没有等到机会。没过几年，老奶奶就举家迁回了苏北老家，我再也没有见过她。

我还记得一件事。以前，重庆南路那里有个电车三场，我常去那里看电影。有一回，记不清是看什么电影了，散场结束时，我发现没有钱买车票回去了。我听大人说，只要跟着24路电车跑，就可以走到我家老西门那里。可是，走了一段路，我就迷路了，辨不清东南西北。一筹莫展的时候,看到一个阿姨迎面走过来。那阿姨手里提了一个布包,贝壳形,带木柄的。我问阿姨,去老西门还有多远?阿姨回答说,还有很远的路呢。她给我指了指方向,可我还是搞不明白。于是阿姨打开那只布包,从钱包里拿出了四分钱,递给我,说:"拿这四分钱买张电车票坐车回家吧"。我摆摆手,硬是不肯要。阿姨说:"拿着,不要你还的。"可我仍是不肯要。为什么?因为我欠苏北老奶奶的那只鸡一直没有还,我不能再欠陌生阿姨的钱。

我最终是按照阿姨指的方向走路回家的,到家时,天已经黑了。

虽然我并没有拿阿姨的钱,但阿姨留给我的感动直到现在还保留在那里。这是一个成年人对一个陌生小男孩的照护和信任。而我没有要她的钱,也让我自己感到踏实。我一直提醒自己,不要愧对任何人,哪怕那个人你不认识。

第三件事,发生在我十六岁初中毕业,准备去农村插队之前。

我的初中三年,正逢"特殊年代",学校不上课了。很多同学去全国各地"串联",我没有去。一是因为我胆小,外面有武斗,不安全;二是出去要花钱,家里的经济条件并不好。

好不容易等到了复课,我回到了学校。昔日明亮整洁的钢窗,经过一场场"造反运动",已经变得残缺不齐。操场上连个人影也没有,教学楼空空荡荡,萧条冷清。我走上几级台阶,看见转角处有一个熟悉的人影,她一手捂着鼻子,正用扫帚一级一级地打扫楼梯。她是我的已经被"打倒"的语文老师。

经过老师身边时,我弯下腰,轻轻喊了声:"张老师,你早!"她受惊似的起腰转身,看到我,脸上勉强地痛苦一笑,轻声问道:"你也来复课了?"我说:"是啊。停课已有两个星期,昨天刚接到复课通知。""那很好啊。"她说,沉吟了一会儿,又说:"其实这年头也学不到什么有用的东西,社会上做什么都得凭良心。人要面对现实,要敢于讲真话。我相信,真理就是真理,真理是永恒的。"说着,她把铁皮簸箕移动了一下,朝后退了一步,望了望我,让道给我上楼。

张老师说出这样一番话来,让我吃惊,也让我感动。我喜欢语文,尤其喜欢写作文。张老师教我们写作文的时候说,不能光写八股文,她说那样的写法脱离实际,要学会写环境和人物。

就是这样一位老师在"造反有理"的喊声下,蒙上了不白之冤。我也不知道她为何被"打倒"。批斗张老师的都是高年级学生,她被批斗,我只能远远看着,无能为力。

我常常想起张老师教我写作,教我如何写环境和自然,如何少说空话。她还教我沉下心去观察植物,与植物对话。她说,植物也会说话,就像树,它其实也会说话,有灵魂。如果你不给树浇水,它已经在怨恨你了。张老师告诉我的这些,让我学会善待周围的一切,哪怕是一件没有生命的物品,我也怀着怜惜之心善待它。即便用旧了,也要让它有个好的去处。这大概就是人们所说的"惜物"。

我后来十几岁就离开家,去了江西插队落户。多少年来,我看到很多人的人生起伏,从高处坠落,或从低处上升。我对自己的人生当然有遗憾,最大的遗憾是,想读书的时候读不了书。但是,不管怎样,那三个小时候的片段一直照耀着我,让我无论在什么时候,都能获得心灵的平静和安稳。

每个孩子都有天性，后天的努力造成命运的千差万别

受 访 者｜魏心声
职　　业｜厨师
出生年份｜1954 年

我的母亲结过三次婚。我是母亲和她第二任丈夫生的。母亲和我父亲离婚后，又找了第三任丈夫，也就是我的继父。

母亲结这么多次婚，是命运和生活所迫。

我母亲是童养媳，十岁就嫁到浙江海盐夫家做童养媳。十八岁时生了第一个儿子。后来，母亲的丈夫离家去上海滩谋生，做了巡捕，重新找人结了婚，就和留在海盐的母亲分开了。那是 20 世纪 40 年代末。

母亲孤身一人到上海寻夫未果，原先的夫家也回不去了，被迫留在了上海谋生。她给吴淞的一户有钱人家做用人，在那户人家，我母亲认识了我的生父。我的生父是那户有钱人家的厨师。

母亲的安稳日子没过几年。我五岁那年，正逢"三反五反"运动，父亲莫名其妙被抓了进去。他到底犯了什么错，我和母亲一直不清楚。

我还清晰地记得父亲入狱前的一幕——我在弄堂口玩，从门缝里看见父亲在烧菜，我母亲正睡在床上，那正是我的小妹妹刚出生的情形（小妹妹在父亲入狱后，被迫送了人）。之后，父亲就被抓进去了。母亲领着我去提篮桥监狱看他。我们和父亲之间隔着一张铁丝网，我和母亲在这头，父亲在那头。母亲涕泪横流，隔着铁丝网和父亲说话，我在旁边呆坐着。我听见父亲对母亲说："重新嫁人吧，我是出不来了。"虽然只有五岁，我还是感觉到了一种很大的不安和刺激。没过多久，父亲就被移送去安徽青山劳改农场了。

我七岁那年开始上小学。那年，邻居给母亲介绍了一个单身男人。他是江苏丹阳人，也是做厨师的。继父是个老实人，和母亲结婚后，他们又生了一个儿子。继父一直都待我不错。

我的童年是在动荡中度过的，家庭变革对孩子的影响很大。我的父亲被抓进了监狱，我就是"反革命"家属，家庭出身不好，自然也就没有小朋友同我玩耍。慢慢地，我学会了独自玩耍，在家修修补补，看看别人做什么，我也跟着学。我上四年级时，别的孩子联合起来欺负我，我打不过他们，就把废旧的电线绕起来，做成鞭子，用电线鞭子还击他们。班主任看见了，把这条"罪状"写进了我的小学毕业鉴定。这个鉴定随档案一起带到了中学里。

令我特别感激的是,中学老师并没有戴着有色眼镜看我。初中毕业时,班主任对我的评价很好,她还当着全班的面说,我带你们这个班三年了,我感觉到,小学里的鉴定并不准确。初中毕业,我很幸运地没有去农村插队,而是进了工厂工作。工作后不久,就担任了班长,劳动工资科的人告诉我:"之所以让你当班长,是因为你的初中老师对你的评价很高。"

因为身边没有父亲,我受母亲的影响很大。她虽没有文化,但很能干,个性也很强,不肯输给别人。别人能做到的事,她也能做到。母亲的个性影响了我,我从小就学会吃苦,任劳任怨,再辛苦都要承受住。

但父亲的事情,一直是我的一块心病。我五岁那年和父亲分手,父亲在铁丝网里,我和母亲在铁丝网外,这就是我关于父亲的最深刻的记忆。连父亲长得什么样,我都印象模糊。直到后来我看到他时,才觉得自己和父亲长得很像。父亲在牢里几乎待了一辈子,直到那一年政策放宽,父亲才出狱。当时,他住在青山劳改农场里,我辗转联系上他,坐火车去看望过他。见到苍老的父亲,已经感觉很陌生了。我问他,当时是因为什么关进去的,父亲没有回答我。我承认,我曾经在心里责怪过父亲。但当我后来去看他时，却完全改变了印象。我在心里谅解了他。父亲仍旧干着老本行，当厨师，而且，他一直一个人，没有再成家。之后不久，我就出国了。等我再回来，我的父亲已经去世了。

回忆自己的童年，我有一种无奈。世道主宰我，我无能为力。这就是我的命运。命运不能假设，也无可抱怨，但路是靠自己走的。我后来一直在尽最大的努力改变人生，包括在20世纪90年代出国，也是为了改变境遇。我至今相信，性格决定命运，有个性的人，无论在哪个时代，只要给他机会都能成事。

爸爸和妈妈没有给我做出爱情的榜样

受 访 者 | 葛珊珊
职　　业 | 私营业主
出生年份 | 1964 年

我父母的婚姻是有缺憾的婚姻，虽然他们一直相守到老。

我妈妈是个心气很高的人，但家里穷，没有钱供她上大学，只读了中专，毕业后进工厂当了一个检验员，但她一直保持着阅读的习惯。我相信我的父母不是因为爱情而结合的。小时候，他们经常争吵。我爸爸是个老实人，对我和妹妹很好。我想，我妈妈心里是看不起我爸爸的，一直对他很凶。我现在对丈夫也一直用像妈妈一样的命令的口气。奇怪的是，我爸爸和我丈夫居然有很多共性，他们的一些口头禅惊人地相似，遇到什么问题，他们都会对女儿说："问你妈妈去！"就像小时候，我爸爸也一直在家里处于弱势。

我很同情爸爸，觉得他可怜，觉得妈妈对他有亏欠。前些年，爸爸去世了，开追悼会时我非常伤心，他的一些愿望，妈妈都没有帮他实现。比如他想去普陀山烧香，想去北京,我和妹妹对妈妈说:"你陪爸爸去,钱我们来出。"但我妈妈不肯。她不愿陪我爸爸出去,也不愿花两个女儿的钱。所以我想,我妈妈一定是不爱爸爸的。

小时候,我只是觉得妈妈对爸爸凶,但我没有表示过任何意见。那是大人的事情。在我九岁那年,一家四口挤住在一间房里。有天晚上,妹妹睡着了,我却被父母的争吵声惊醒。迷迷糊糊中,看见妈妈拿着一张纸让爸爸签字。我听见妈妈说:"你签字,我们要离婚!"但我不懂什么是离婚,也没有感到害怕。我凭直觉判断他们不会离婚,也从没有过失去他们的危机感。因为他们俩依然对我和妹妹很好。

后来我懂了"离婚"的含义,但那时候,妈妈已经不想离婚了。但我知道,妈妈一直收藏着那张离婚协议书,直到我三十多岁,仍不止一次在妈妈的抽屉里见过它。

再后来,父母从上海迁往兰州工作,我也跟着他们去了那里。每天傍晚,妈妈带着我去附近的乡村散步,她给我讲《青春之歌》《钢铁是怎样炼成的》,她唤起了我的文学梦,我从此爱上了看书。懵懂中,我也对爱情有了模糊的认识,妈妈跟我讲述书里的爱情故事,但唯独不说自己的爱情。

我爸爸是个生性木讷的人,但他也曾经是个热血青年，偷偷拿了户口簿，报名参加支援大西北的建设。他和我妈妈是在劳动大学里相识，然后结婚的。我猜想，妈妈有她自己的爱情，虽然她从来没有和我说过。妈妈年老后，在她的微信朋友圈里分享：我很想去那个城市，哪怕那个人不在了。我照顾到妈妈的情绪，她不愿意说，我也没有问。

我想起爸爸也有一个未竟的心愿：他心心念念想去北京，却没有去成。我父母的人生都是有着很大遗憾的人生。

不可思议的是，我的人生遗憾也是没有好好谈过恋爱。

上初一那年，我隐约喜欢过一个同班的男孩。他长得高大、斯文、白净，我只是喜欢偷偷地看他。只是偷偷地。当他和一群男生路过教室的窗口，我会朝窗口张望。那时候的男生女生之间没有交流，也没有任何值得回忆的细节。既没有伤心过，也没有开心过，只是单纯的喜欢。对我来说，他就是一帧远处的风景。

我像妈妈一样爱上了看书，读《红与黑》《钢铁是怎样炼成的》时，特别喜欢看主人公恋爱的情节，觉得特别浪漫，心里很向往，但在生活中从未遇到过那种小说里的爱情。不知道这是不是一种必然？爸爸妈妈没有给过我爱情的榜样。我长大以后，也从来没有好好谈过恋爱，并且在无意识中复制了我父母的婚姻。

妈妈对爸爸的怨恨一直没有消除

受 访 者 | 韩小杰
职　　业 | 调酒师
出生年份 | 1990 年

我父母分开时,我还在上幼儿园小班。我记得特别清楚,有一天,我和妈妈从爸爸的家里搬了出去,搬到妈妈单位分的房子里住。妈妈带着我骑着自行车,自行车上驮着一些零零碎碎的东西,反复往返于这两个地方。

妈妈从不在我面前避讳和爸爸离婚这件事,有时候,甚至当着同事的面问我,要不要给我找个新爸爸。我都会说,好啊。读小学时,每天都由外公接送我。我并不觉得自己缺少爸爸,每过几周我就去爷爷奶奶家玩,爸爸离婚后和爷爷奶奶住在一起。若说父母的分开对我有什么影响,那只是长大后才思考的。从现在的角度回想,这件事对我的影响是,我不太愿意过早进入婚姻,更不想草率结婚,害怕万一处理不好,给自己的后代造成不好的影响。

父母离婚的原因,据说是因为父亲的好赌,更重要的,是他在牌桌上认识了一个阿姨,他和那个阿姨在我上小学时结了婚,生下一个比我小十二岁的同父异母的妹妹。

我的叛逆期从小学三四年级就开始了。那时候，我对妈妈有意见，心想，有时候你不管我，有时还会打我，那我干吗还要和你在一起？每到双休日，我就去爸爸那里，也就是爷爷奶奶的家。爸爸对我放任不管，不像妈妈那样管头管脚。在爸爸家里，我想干什么就干什么，看电视、打游戏、吃东西，很自由。

一旦和妈妈发生了矛盾，我就往爸爸家里跑。有一次，我又逃走了。妈妈追过来的时候已经是晚上十二点，我赖在地上，抓住门框，又哭又闹，死活不肯走。我知道，只要回去就要挨打、挨骂。但是，我犟不过我妈，最后还是被她拖走了。

不过，这种情况持续了两三年就结束了，因为后来，我的继母怀孕了。当时爸爸在我耳边说："你妹妹长大后，我们会很老，你要好好照顾妹妹。"我听了，什么话也没说。妹妹出生了，我既没有嫉妒，也没有想好好待她，什么感觉也没有。

妹妹出生后，我几乎不再去爸爸家。直到上高一那年，爷爷住院了，中途他出院和全家一起吃了顿饭，吃完晚饭后，我送爷爷坐公交车回医院。半路上，爷爷从怀里拿出了一只翡翠金戒指，说，这是唯一值钱的东西，叫我好好收着,他还说了一句我始终没想通的话:"多带妈妈回来坐坐。"过了两三周,我爷爷就去世了。

我一直没想通爷爷的话。后来我跟妈妈说起,妈妈也没吭声。外婆说,可能是人之将死,对自己犯过的错有弥补之心。因为我爸妈离婚时,爷爷蛮赞同的,他对我妈妈有愧疚。爷爷的翡翠戒指我一直小心地收藏着。

我最后一次去爸爸家就是爷爷去世前的那次。那是我上高一的冬天,算起来,我已经有十二年没有回过爸爸的家,也从来没有机会和妹妹说过话。

有了妹妹以后,爸爸找了份司机的工作。我们几乎不见面。前两年他开车路过我工作的城市,来看过我一次。一年里,他会给我打两三个电话,还说要给我介绍女朋友,我都拒绝了。我觉得现在的我已经不需要爸爸的关心,看到他的来电显示,我甚至不想接。

对于爸爸,我谈不上爱憎的感情。只是无所谓而已。但是直到现在,爸爸一直是我和妈妈忌讳的话题,妈妈对爸爸的怨恨一直没有消除。如果时间倒流,我对妈妈唯一的祝愿是,希望妈妈不要这么辛苦,她应该找一个人,拥有一个属于她自己的完整的家。

我越自信，别人越不会欺负我

受 访 者 | 阳阳
职　　业 | 盲童学校学生
出生年份 | 1999 年

我的爸爸是搬运工，妈妈是菜场里的保洁员。我很喜欢自己的父母，如果重新选择，我还是选择他们做我的父母。

我出生时身体就不好，但他们从来没有说要再生个弟弟或者妹妹。我从小就知道，他们可以再生一个。亲戚们会当着我的面劝爸爸妈妈，再生一个吧。好听的理由就是，将来弟弟或者妹妹可以照顾我。但是我爸妈从来没有回应过。爸爸妈妈告诉我，我刚出生一个月，免疫系统就出了问题，三天两头往医院跑，有时候还要做化疗。后来免疫系统的病都好了，上幼儿园时又发现眼睛不好了。现在，我的眼睛有光感，但看不清楚。

也许就是因为我的身体不好，反而获得了家人更多的爱。

但在学校里，因为视力的问题，还是给我带来了一些困扰。在三年级以前，同学们的年龄比较小，大家都不太清楚是怎么回事，只知道我视力不太好。三年级开始，大家懂事了，生活里的不愉快也多了起来。

我虽然坐在第一排，但完全看不清黑板上的字。上课的时候，我只是干坐在那里，处于一片混沌当中。

下课了，我也想出去玩。旁人就起哄："她怎么能出去玩呢？""她出去会摔死的！"在那个群体中，即便有人很善良，想对我好，也不敢在别人面前对我好。班级里的大多数人把我孤立了。老师希望同学能帮助我，比如说，课间我要喝水，或者去洗手间之类，老师就让别的女生带我一下。她们也会带我去，但带去后，自己却跑掉了。她们躲在一边偷偷地看，如果不带我的话，我能不能自己回去。而每次，我都急得像热锅上的蚂蚁，因为没有她们带路，我根本找不到教室。她们有时候还会故意把我带到学校里某个不熟悉的角落，一开始我以为她们是想锻炼我，但后来发现不全是这样。

现在回想起当时的心情，我仍旧会流眼泪。我相信，如果我现在回去，他们就不会这样对我了。那时候的我太封闭，太弱小，太自卑，总是觉得自己和别人不一样。我越是退缩，他们就越变本加厉地对我。

那时候，我刚刚十岁出头。

我渐渐惧怕去学校。于是，隔三岔五找各种理由不去上学,但我从不告诉父母真实的原因。其实,我知道老师们都非常好。如果我告诉父母真实的原因,父母就会告诉老师,老师就会教训同学,她们就会认为我去告状了。我非常害怕,担心由此带来更加负面的东西,更害怕被孤立。我只是对妈妈说,我在学校不开心。

可是总是待在家里我也不高兴,因为别的同学都去上学了。

这种状况一直持续到我上五年级,才有所改观。因为盲童学校的老师来我们学校招生,把我招去啦。

来了盲童学校就完全不同了。我终于找到了一个适合自己成长的地方,周围的同学都和我一样,我们有一样的困难,老师会鼓励我们勇敢表达心里的想法。

可是,刚来这里时,我也是恐惧的,因为要住校,我的自理能力很差。刚开始的两个月,我一天里要哭三次以上:早上起床,看不到爸爸妈妈,哭;放学了,走读同学的爸妈来接,哭;吃饭,菜不小心打翻在衣服上,也哭;睡前,想爸妈了,又哭。平时,只要有一点小事,一碰就哭。但哭完了,我发现,哭根本不能解决问题,所有的事情还是必须自己去面对。

老师鼓励我参加课外活动,我努力去做了。我毛遂自荐竞选了小学部大队委员。在竞选中,我做了一个简短的自我介绍，还唱了一首《感恩的心》，居然以最高票当选了。当时我只是想试一下，没想到成功了。我从小好胜心就很强，以前被压抑了，这个新环境把我的天性激发出来，让我浑身舒展了。只有短短一个月，我好像变了一个人。

竞选这件事对我的意义很大，这是我长这么大，第一次得到别人的肯定。

在这里，我还遇到了不少好老师。他们有的对我非常苛刻，甚至不近人情，有些事情，我也许做不到，但他们还是会把任务交给我，让我去努力完成。如果我完成得不好，当时会非常反感这个老师，但回想起整个过程，还是感激老师给了我锻炼的机会。还有一位电脑老师，我刚来一个月，老师还不熟悉我，就选我做了课代表。我在之前的学校，从来没有体验过被关注的感觉。这让我受宠若惊。

还有就是班级里的同学，我比别的同学年龄大，但他们从来没有把我当作姐姐，反而觉得我和他们一样大，甚至更小。

这两年，我做了很多事情，加入了学生会，参加朗诵组和主持人班的学习，还参与了微电影工作室。我们去年十月参加了一个微电影大赛，获得了二等奖，我是编剧，得到了最佳编剧提名。每周末，我去校外参加小记者班，采访了很多大人，生活得特别充实。

我主动参与这么多课余活动，起初是为了打发时间，为了让自己没有时间哭。现在觉得，每一天都很快乐。在校外的小记者班，我和其他正常的小孩交往已经没有一点阴影，也不感到自卑了。我不再觉得自己眼睛不好是遗憾，反而觉得，自己其实和别的孩子一样，甚至比别的孩子更加坚强。

爸爸妈妈看到我的变化，都很高兴。

我再也没有见过以前的同学，今年他们应该上高三了。在这里高中毕业后（盲童学校的高中是四年），我也想考大学，想上特殊教育系，毕业后回到这里来做特教教师，因为我在这里找到了很多快乐，也希望将来能让我的学生在这里找到快乐。

我对现在的自己挺满意的。现在的我，能够适应这个社会和周围的环境，这些信心大部分是别人给的。我坚信了一点：我越自信，别人越不会欺负我。